Bianca™

Temor a amar

Cathy Williams

Harlequin™

Editado por HARLEQUIN IBÉRICA, S.A.
Núñez de Balboa, 56
28001 Madrid

I.S.B.N.: 978-84-9000-786-0
Depósito legal: B-31396-2011
Editor responsable: Luis Pugni
Preimpresión y fotomecánica: M.T. Color & Diseño, S.L.
C/ Colquide, 6 portal 2 - 3º H. 28230 Las Rozas (Madrid)
Impresión en Black print CPI (Barcelona)
Fecha impresion para Argentina: 23.4.12
Distribuidor exclusivo para España: LOGISTA
Distribuidor para México: CODIPLYRSA
Distribuidores para Argentina: interior, BERTRAN, S.A.C. Vélez
Sársfield, 1950. Cap. Fed./ Buenos Aires y Gran Buenos Aires,
VACCARO SÁNCHEZ y Cía, S.A.
Distribuidor para Chile: DISTRIBUIDORA ALFA, S.A.

Capítulo 1

HE LLAMADO hace cinco minutos, pero no contestabas al teléfono –Luc Laughton levantó la manga de su chaqueta para mirar el reloj–. No me gusta tener que vigilar a mis empleados, Agatha. Pago muy buenos sueldos a la gente que trabaja para mí y espero recibir una compensación.

–Lo siento mucho, es que estaba en el archivo –intentó disculparse ella.

Luc miró con desdén el grueso abrigo gris que parecía haber comprado en algún mercadillo. Y, conociéndola como la conocía, se vio obligado a admitir que había muchas posibilidades de que así fuera.

Agatha intentaba disimular su indignación. Por supuesto que había oído sonar el teléfono. Y, por supuesto, sabía que debería haber contestado, pero tenía prisa y estaba cansada de hacer horas extras. Eran las seis menos cuarto, de modo que no había salido corriendo de la oficina a las cinco, como muchos de sus compañeros.

–Que estés aquí porque mi madre me pidió que te diese trabajo –siguió Luc, con ese tono implacable que lo hacía tan temido en el mundo de las altas finanzas– no significa que puedas hacer lo que te dé la gana.

–Son las seis menos cuarto, de modo que está claro que no hago lo que me da la gana –protestó ella.

Pero cuando miraba a Luc Laughton su corazón se volvía loco. Había sido así desde que tenía trece años y él dieciocho, a punto de convertirse en un hombre tan atractivo que todas las mujeres se volvían para mirarlo.

¿Cómo no iba a estar loca por él? Todas las chicas del pueblo estaban enamoradas de Luc Laughton, aunque él no parecía darse cuenta. Era el niño rico que vivía en la mansión en la colina y su educación en un exclusivo internado le había dado esa seguridad en sí mismo que para Agatha era tan aterradora y tan excitante al mismo tiempo.

–Pero si es algo importante, imagino que puedo quedarme un rato más...

Luc se apoyó en el quicio de la puerta, suspirando. Había sabido desde el principio cómo iba a terminar ese favor, ¿pero qué otra cosa podía hacer?

Seis años antes, su padre había muerto de manera inesperada, dejando tras él un completo desastre económico para la familia. Su padre era un hombre encantador, pero mientras él se dedicaba a jugar al golf para entretener a los clientes, su indeseable director financiero se había dedicado a estafarle grandes sumas de dinero.

Luc estaba a punto de ir a Harvard para hacer un máster en Economía, pero como la fortuna familiar desaparecía a la velocidad del rayo había tenido que volver a Yorkshire para enfrentarse con una madre destrozada y una casa que ya no les pertenecía a ellos sino a los acreedores.

Danielle, su madre, se había ido a vivir con el vicario y su mujer, que habían cuidado de ella durante un año, hasta que pudo alquilar una casita a las afueras del pueblo. Mientras tanto, Luc había tenido que abandonar sus planes de hacer estudios de postgrado y dedicarse a recuperar lo que habían perdido.

Y cuando ocho meses antes su madre le había dicho que Agatha Havers, la hija del vicario, necesitaba un puesto de trabajo, Luc no había tenido más remedio que buscarle un sitio en la oficina. El vicario y su mujer habían ayudado muchísimo a su madre en el momento que más lo necesitaba y, gracias a ellos, Luc se había sentido libre para iniciar una meteórica carrera profesional con la que apenas cuatro años después recuperaría la mansión familiar.

Pero en aquel rascacielos de acero y metal, Agatha Havers estaba claramente fuera de su elemento. La hija del vicario de una pequeña parroquia de pueblo, entrenada exclusivamente en labores de jardinería, no encontraba su sitio en aquel mundo de adquisiciones y fusiones empresariales.

–¿Helen se ha ido?

Helen era su ayudante personal y Agatha se compadecía de ella porque Luc era un jefe muy estricto. Se echaría a temblar si tuviese que trabajar con él a todas horas.

–Sí, se ha ido, pero eso no importa. Necesito que reúnas información sobre el tema Garsi y compruebes que todos los documentos legales están ordenados. Es un asunto muy importante y necesito que todo el mundo colabore.

–¿Y no prefieres a alguien con más experiencia? –se aventuró a preguntar Agatha.

Incapaz de seguir mirando la alfombra, se atrevió a levantar la mirada y, de inmediato, sintió como si todo el oxígeno hubiera desaparecido de sus pulmones. Luc había heredado la complexión cetrina y el pelo oscuro de su madre y los ojos verdes de su padre, un hombre inglés de porte aristocrático. Y entre los dos habían creado un hijo extraordinariamente atractivo.

—No te estoy pidiendo que firmes el acuerdo, Agatha.

—Ya lo sé, pero aún no se me dan tan bien los ordenadores como...

—¿A los demás empleados? —terminó Luc la frase por ella—. Has tenido ocho meses para acostumbrarte al trabajo que se hace aquí y, según tengo entendido, hiciste un curso de informática.

Agatha se puso a temblar al recordar ese curso. Después de que la despidieran del invernadero en Yorkshire, había pasado tres meses en casa con su madre y, aunque Edith era una persona encantadora, sabía que empezaba a impacientarse.

—No puedes pasarte el día en el jardín, cariño —le había dicho—. Me encanta tenerte aquí, especialmente desde que murió tu padre, pero necesitas un trabajo. Si no encuentras nada aquí, tal vez deberías buscarlo en Londres. He hablado con Danielle, la madre de Luc, y me ha dicho que tal vez podría encontrar un puesto para ti en su empresa. No sé muy bien a qué se dedica, pero tiene una empresa muy importante. Lo único que tendrías que hacer es un curso de informática...

La mayoría de los chicos de diez años sabían más de ordenadores que ella. Nunca habían tenido ordenadores en la vicaría, de modo que para Agatha no eran juguetes, sino enemigos en potencia, dispuestos a comérsela si apretaba el botón equivocado.

–Sí, es cierto –asintió por fin–. Pero la verdad es que no se me daba muy bien.

–No llegarás a nada si te convences a ti misma de que vas a fracasar –dijo Luc–. Te estoy dando la oportunidad de salir del archivo y hacer algo más importante.

–No me importa trabajar en el archivo. Sé que es aburrido, pero alguien tiene que hacerlo y yo no esperaba...

–¿Pasarlo bien en el trabajo? –la interrumpió él, impaciente.

Agatha era tímida como un ratoncillo y eso lo sacaba de quicio. La recordaba de niña, escondiéndose por las esquinas, demasiado nerviosa como para mantener una conversación normal con él. Aparentemente, no tenía ese problema con los demás, o eso decía su madre, pero Luc tenía sus dudas.

–¿Y bien?

–Creo que no estoy hecha para este tipo de trabajo –tuvo que admitir Agatha–. Te agradezco muchísimo la oportunidad que me has dado...

O al menos la oportunidad de ocupar un despacho del tamaño de un armario en la última planta del edificio desde el que escribía alguna carta ocasional y recibía órdenes para archivar cientos de papeles.

Aunque sobre todo se dedicaba a llevar su ropa a la tintorería, a comprobar que la nevera de su ático en el lujoso barrio de Belgravia estaba llena y a despedir a sus numerosas amantes con un regalo, que iba desde un ramo de flores a un collar de diamantes; un trabajo que le había encargado Helen. En esos ocho meses, cinco exóticas supermodelos habían recibido el regalo que significaba: «hasta nunca».

–Sé que no tuviste más remedio que buscar un puesto para mí.

–Así es –asintió Luc. Sabía que no estaba siendo muy simpático, pero tampoco iba a mentir.

–Danielle y mi madre pueden ser muy pesadas cuando quieren algo –se lamentó ella.

–¿Por qué no te sientas un momento? Debería haber hablado antes contigo, pero ya sabes que nunca tengo mucho tiempo.

–Sí, lo sé –nerviosa, Agatha se sentó tras el escritorio mientras Luc se apoyaba en él y cruzaba los brazos sobre el pecho.

–¿Por qué lo sabes?

–Tu madre siempre dice que estás tan ocupado que nunca tienes tiempo de ir a verla.

–¿Estás diciendo que os sentáis como las tres brujas de *Macbeth* para hablar de mí?

–¡No, claro que no!

–¿No tenías nada mejor que hacer en el pueblo?

–Pues claro que tenía cosas que hacer –respondió Agatha. O al menos las tenía hasta que la despidieron del invernadero. ¿O estaba hablando de su vida social?, se preguntó–. Tengo muchos amigos y me encantaba vivir allí. No todo el mundo piensa que lo más importante es marcharse a Londres para hacer una fortuna.

–Menos mal que yo lo hice, ¿no? En caso de que lo hayas olvidado, hasta hace poco mi madre estaba viviendo en una casita de dos habitaciones con el papel pintado cayéndose a pedazos. Supongo que estarás de acuerdo en que alguien tenía que recuperar la fortuna familiar.

—Sí, claro.

Durante unos segundos, sus ojos se encontraron, el azul claro de ella con el verde profundo de él. Luc Laughton estaría siempre fuera de su alcance, tuvo que reconocer Agatha.

—Gracias a mi trabajo, mi madre puede disfrutar del estilo de vida al que está acostumbrada. Mi padre cometió muchos errores en el aspecto económico y, afortunadamente, yo he aprendido de esos errores. La lección número uno es que no se consigue nada sin trabajar. Pero si no disfrutas de tu trabajo tanto como te gustaría, es culpa tuya. Intenta verlo como algo más que un pasatiempo hasta que encuentres otro trabajo en el mundo de la jardinería.

—No estoy buscando un trabajo de jardinería —dijo Agatha.

En realidad, no había ninguno en Londres, había buscado.

—Entonces intenta integrarte en la oficina. No quiero que te ofendas por lo que voy a decir...

—¡Pues no lo digas! —lo interrumpió ella, implorándole con sus ojos azules.

Agatha sabía que Luc podía ser cruel con los demás y que no tenía ninguna tolerancia para los que no tomaban la vida por los cuernos.

—A veces puede dar un poco de miedo —le había advertido Danielle poco antes de que se mudase a Londres.

Pero Agatha no sabía el miedo que podía dar hasta

que empezó a trabajar para él. Apenas había contacto directo entre ellos porque la mayoría del trabajo le llegaba a través de Helen, pero en las raras ocasiones en las que Luc se dignaba a bajar de su torre de marfil había sido menos que amable.

–No puedes ser un avestruz, Agatha –dijo él, mirándola fijamente–. Si hubieras sacado la cabeza de la arena un momento, te habrías dado cuenta de que iban a despedirte del invernadero porque llevaban dos años perdiendo dinero. Deberías haber buscado otro trabajo en lugar de esperar a que te despidieran dejándote con las manos vacías. Pero da igual, el caso es que aquí ganas un salario muy decente pero no te interesas por nada.

–Lo intentaré –le aseguró ella, preguntándose cómo podía encontrarlo tan atractivo y odiarlo al mismo tiempo. Tal vez era por costumbre; había estado loca por él desde que era una cría y parecía haberse convertido en un virus.

–Sí, lo harás –afirmó Luc–. Y puedes empezar por tu forma de vestir.

–¿Perdona?

–Lo digo por tu bien. Ese tipo de ropa no pega en esta oficina. Mira a tu alrededor, ¿ves a alguien llevando faldas hasta los pies y jerséis anchos?

Agatha sintió que le ardía la cara de vergüenza. ¿Cómo podía haberle gustado durante tantos años alguien tan ofensivo?, se preguntó a sí misma y no por primera vez.

Cuando era niña le parecía el chico más guapo del mundo. Pero incluso cuando iba a visitar a Danielle a la vicaría, Luc jamás se había molestado en mirarla.

Ella no era una rubia impresionante con piernas interminables, era tan sencillo como eso. Era invisible para él; alguien que andaba por allí ayudando a preparar la cena y encargándose del jardín.

Y el comentario sobre su ropa era demasiado.

—Me siento cómoda con esta ropa —le dijo, con voz temblorosa—. Sé que me estás haciendo un favor, pero no veo por qué no voy a ponerme lo que me gusta. Yo no voy a ninguna reunión y metida aquí no me ve nadie. Y, si no te importa, ahora me gustaría marcharme. Tengo una cita importante y...

—¿Tienes una cita? —la interrumpió Luc, poniendo cara de asombro.

—No sé por qué te sorprende tanto —dijo Agatha, dirigiéndose a la puerta.

—Me sorprende porque llevas poco tiempo en Londres. ¿Edith lo sabe?

—Mi madre no tiene por qué saber todo lo que hago —replicó ella.

Su madre era una mujer anticuada y le daría un ataque si supiera que iba a cenar con un hombre al que había conocido mientras tomaba una copa con sus amigas en un bar. No entendería que así era como se hacían las cosas en Londres y, sobre todo, no entendería lo importante que era esa cita para ella. Las relaciones ficticias estaban bien para los quince años, a los veintidós eran una locura. Necesitaba una relación de verdad con un hombre de verdad, alguien con quien pudiese hacer planes de futuro.

—Espera, espera... —Luc la tomó del brazo.

—Mañana vendré media hora antes, aunque sea sábado —dijo ella, molesta consigo misma por el temblor que la hacía sentir el contacto de su mano–. Pero ahora tengo que ir a arreglarme o llegaré tarde a mi cita con Stewart.

–¿Stewart? ¿Se llama así?

–Stewart Dexter.

Luc la soltó, mirándola con curiosidad. No se le había ocurrido pensar que tuviera una vida social. En realidad, no había pensado en Agatha en absoluto desde que llegó a Londres. Le había dado un trabajo bien remunerado a pesar de su falta de experiencia y, en su opinión, ya había hecho más que suficiente.

–¿Cuánto tiempo llevas saliendo con él?

–No creo que eso sea asunto tuyo –Agatha salió del despacho, pero se dio cuenta de que Luc la seguía hasta el ascensor. Era viernes y la mayoría de los empleados de esa planta se habían ido. Aunque en la planta principal, los empleados que estaban más arriba en el escalafón seguirían trabajando como esclavos.

–¿No es asunto mío? ¿He oído bien?

–Sí, eso he dicho –ella suspiró, frustrada–. Es asunto tuyo lo que haga en la oficina, no lo que haga fuera de ella.

–Yo no pienso lo mismo. Tengo una responsabilidad hacia ti.

–¿Por un favor que mis padres le hicieron a tu madre hace años? Eso es absurdo. Mi padre es... era vicario. Cuidar de los parroquianos era su obligación y estuvo encantado de hacerlo. Además, tu madre y mis padres eran amigos desde siempre y les había ayudado mucho a recaudar dinero para los más necesitados –Agatha pulsó el botón del ascensor.

–Hacer unos cuantos pasteles para una feria no es

lo mismo que alojar a alguien en tu casa durante un año.

–Para mis padres es lo mismo. Y mi madre se llevaría un disgusto si supiera que soy una molestia para ti.

Aunque lo que de verdad la preocupaba era lo peligrosa que, según ella, era la ciudad. A menudo la llamaba por teléfono y leía directamente del periódico las noticias sobre robos y asesinatos. Se mostraba escéptica cuando le decía que estaba bien, que no vivía en un barrio peligroso y nada le gustaría más que saber que Luc cuidaba de ella.

El ascensor por fin había llegado y, cuando entró con ella, Agatha lo miró, alarmada.

–¿Qué haces?

–Bajar contigo en el ascensor –respondió él, pulsando el botón del garaje.

–¿Por qué vamos al garaje?

–Mi coche está allí. Voy a llevarte a tu casa.

–¿Estás loco?

–¿Quieres que te diga la verdad?

Agatha, que ya había escuchado demasiadas verdades, no estaba muy dispuesta a escuchar más pero no podía hacer nada.

–Mi madre llamó ayer para decir que, en su opinión, no me tomaba suficiente interés por ti.

El precio de aquel favor empezaba a ser demasiado alto. Normalmente indiferente a la opinión de los demás, Luc adoraba a su madre, de modo que había tenido que callarse mientras lo regañaba por no cuidar mejor de Agatha.

–No te creo –dijo ella mientras salían del ascensor.

–Pues será mejor que empieces a creerlo. Por lo visto, Edith está preocupada. Cuando habla contigo por teléfono no le parece que seas feliz aquí y no respondes directamente cuando te pregunta por tu trabajo en la oficina. Le dices que todo va bien y ella entiende que no eres feliz. Y la última vez que te vio habías adelgazado.

Agatha enterró la cara entre las manos.

–Qué horror.

Luc abrió la puerta de un Aston Martin plateado.

–Dime dónde vives.

Mientras él encendía el navegador, Agatha revisó lo que había ocurrido durante la última media hora, empezando por su interés en darle un trabajo más interesante.

–Esto es horrible...

–Dímelo a mí.

–¿Es por eso por lo que quieres que me encargue del archivo de Garsi?

–Intenta concentrarte en el trabajo y quéjate menos.

–¡Yo no me quejo!

–Pues eso es lo que tu madre y la mía parecen pensar. Y ahora, no sé cómo, me veo en la obligación de interesarme por ti.

–¡Yo no quiero que te intereses por mí!

Luc pensó que era una ironía porque la mayoría de las mujeres que conocía estaban interesadas justo en lo contrario.

–Voy a intentar que amplíes tus horizontes y te intereses por algo más emocionante que el archivo, así que ya puedes empezar a cambiar de vestuario. Si vas a trabajar en otro departamento, no podrás llevar vestidos anchos y zapatos planos.

–Muy bien, de acuerdo –asintió ella, para dar por terminada esa horrible conversación.

–Y voy a acompañarte porque quiero ver a ese tal Stewart. No quiero que arriesgues tu vida saliendo con algún vagabundo. Lo último que necesito es que mi madre aparezca en la oficina como un ángel vengador porque te has metido en algún lío.

Si la tierra se hubiera abierto bajo sus pies, Agatha se habría alegrado infinitamente. Nunca se había sentido tan humillada en toda su vida. Jamás imaginó que alguien le diría que parecía una vagabunda, pero eso era lo que Luc había querido decir.

No debería haber aceptado el trabajo. Nunca salía nada bueno de aceptar un favor, aunque sabía que él tendría la réplica perfecta: ¿no había aceptado Danielle Laughton un favor cuando sus padres la alojaron en su casa?

Claro que era completamente diferente porque Luc no era un hombre de mediana edad encantado de poder ayudar a alguien en circunstancias difíciles. Al contrario, era un tiburón que no dudaría en comerse al receptor de sus favores si tuviese oportunidad de hacerlo.

–Puedo cuidar de mí misma, no soy una niña pequeña. Y no voy a meterme en ningún lío.

–Pero no le has contado a tu madre que tienes una cita y eso me hace pensar que te avergüenzas del tal Stewart. ¿Me equivoco?

–No le he dicho nada a mi madre porque acabo de conocerlo.

Luc notó que no había dicho si se sentía avergonzada o no. ¿Estaría casado? No, Agatha no parecía la
clase de persona que salía con hombres casados.
Siempre había sido una chica tímida y lo único que
recordaba de ella era que no tenía el menor estilo. Al
menos, no tenía el estilo de las chicas de su edad, que
solían ponerse minifaldas y vaqueros ajustadísimos.
No, seguramente sería otro amante de la jardinería,
algún ecologista dispuesto a salvar el planeta.

Pero si ése era el caso, ¿por qué no se lo había contado a Edith? Aunque acabase de conocerlo.

–¿Está casado? Puedes contármelo, aunque no es-
peres que lo apruebe. Me parece fatal que alguien se
relacione con una persona casada.

Agatha lo miró, perpleja. ¿Quién se creía, un ejemplo de moralidad? ¿Él, que tenía una amante diferente
cada semana? Normalmente reducida a una masa temblorosa en su presencia, Agatha respiró profundamente
y respondió:

–No creo que tú tengas derecho a aprobar o desa-
probar mis relaciones personales.

–¿Perdona?

–Yo me encargo de comprar los regalos para las
chicas a las que no quieres volver a ver –dijo Agatha
entonces–. Flores, joyas, vestidos... ¿por qué de repente te portas como si fueras un ejemplo para la hu-
manidad? ¿Cómo puedes advertirme sobre una relación con un hombre casado cuando tú te acuestas con
esas pobres chicas sabiendo que no tienes la menor
intención de casarte con ninguna de ellas? Mantienes
relaciones que no van a ningún sitio.

Luc soltó una palabrota. Lo irritaba que se hubiera

atrevido a juzgar su vida privada. Y no pensaba justificar su comportamiento.

–¿Desde cuándo el placer no va a ningún sitio?

No dijo nada más porque estaba seguro de que para Agatha las relaciones sin compromiso serían anatema.

Cuando llegó a Londres, después de terminar la carrera, había tenido la mala suerte de enamorarse. Pero Miranda pasó de ser un ángel a una arpía en cuanto el trabajo empezó a interferir con su necesidad de que estuviera pendiente de ella a todas horas. Se quejaba incesantemente de lo tarde que llegaba a casa y, por fin, había buscado a otra persona que le diera toda su atención.

Ésa había sido una lección que no olvidaría nunca, de modo que volver a tener una relación seria con alguien era algo en lo que no estaba interesado. Desde el principio, las chicas con las que salía sabían que no tenía intención de casarse. Era sincero con ellas y, en su opinión, ésa era una gran virtud porque la mayoría de los hombres no lo eran en absoluto.

Y eso lo hizo pensar de nuevo en aquel tal Stewart sobre el que Agatha estaba siendo tan misteriosa.

–O tal vez me equivoco. Tal vez también tú piensas que no hay nada malo en pasarlo bien. ¿Es eso?

–No te entiendo.

–Sigues sin decirme si Stewart está casado o no.

–¡Pues claro que no está casado! Es un chico estupendo y va a invitarme a cenar en un restaurante muy caro de Knightsbridge, San Giovanni. Supongo que habrás oído hablar de él.

San Giovanni, uno de los restaurantes de moda en

Londres. De modo que Stewart no era un zángano como había imaginado...

¿Qué tendría Agatha para atraer a un hombre que cenaba en un restaurante tan caro?

Luc la miró de soslayo y frunció el ceño. Sí, había en ella una inocencia que un duro londinense podría encontrar atractiva. No quería ni pensarlo, pero la dulce e ingenua Agatha podría ser vista como un reto por algún perverso.

El tal Stewart no era un ecologista, no era un zángano, no era un hombre casado... ¿quería utilizarla o estaba completamente equivocado?

Debía admitir que sentía curiosidad y eso era algo que últimamente faltaba en su vida. Había actuado por impulso al ofrecerse a acompañarla y, en realidad, debería volver a la oficina para darle los últimos retoques a un informe que debía enviar lo antes posible. Pero el trabajo podía esperar. ¿No le había encargado su madre una misión?

—Yo te llevaré a Knightsbridge. Y no te preocupes... —Luc esbozó una sonrisa— no tienes que darme las gracias.

Capítulo 2

LUC TUVO que conformarse con una taza de café mientras esperaba que Agatha se vistiera. Por supuesto, iba a llegar tarde. En su experiencia, las mujeres eran incapaces de arreglarse en menos de una hora y tal vez Agatha no se parecía a las mujeres que él conocía, pero era una mujer. No había nada más que decir.

Intentando no impacientarse, miró alrededor haciendo un gesto de desagrado. Él no tenía nada contra las pensiones, pero el propietario de aquélla era un experto en engañar a los inquilinos jóvenes e inexpertos. Había humedades en todas las paredes y un solo radiador que parecía tener más de cincuenta años. La ventana desde la que se veía la ciudad no estaba mal, pero la madera del marco estaba pelándose y, si te acercabas demasiado, te congelabas porque el frío se colaba por todas partes.

Se preguntó entonces si debía hablar con aquel caradura. No tardaría mucho en decirle lo que pensaba y meterle el miedo en el cuerpo.

Estaba paseando por la habitación, haciendo una mueca de horror ante las deficiencias del alojamiento al que Agatha se había acostumbrado durante los últimos ocho meses, cuando ella salió del agujero que hacía las veces de dormitorio.

—He terminado lo antes posible, pero no tenías que esperar. Puedo ir en el metro.

Luc se dio la vuelta y, durante unos segundos, se quedó inmóvil, su expresión indescifrable... lo cual fue una desilusión.

—¿Cómo estoy? —le preguntó, intentando meter tripa.

Hija única y adorada por sus adres, que habían renunciado a la idea de tener hijos hasta que ella llegó de repente, Agatha sabía que su figura no estaba de moda. No era lo bastante alta o lo bastante delgada para tener el tipo que se llevaba en aquel momento y su pelo rubio tampoco era liso como el de las modelos, sino rizado y rebelde.

Pero, después de que Luc se metiera con su ropa, se había esmerado esa noche para demostrarle que no era un desastre total.

—Te has hecho algo en el pelo —comentó él. Y tenía una bonita figura, pensó luego.

¿Cómo no se había dado cuenta? El ajustado vestido negro marcaba una cintura estrecha y unos pechos generosos que harían que los hombres se volviesen para mirarla. ¿Cuándo había crecido? ¿Cuándo había dejado de ser la adolescente tímida que no le dirigía la palabra para convertirse en...?

Luc tuvo que apartar la mirada porque su cuerpo estaba reaccionando de una forma totalmente imprevista.

—Me lo he dejado suelto. Pero es tan rebelde que suelo hacerme un moño.

–Me alegra saber que tienes algo más que faldas largas y jerséis gruesos en tu armario. Un vestido de ese estilo estaría bien para ir a la oficina, aunque no tan corto –Luc señaló sus piernas.

Estaba estupefacto y ése era terreno poco familiar para él.

–¿Qué le pasa? No es más corto que los que llevan otras chicas –Agatha suspiró porque sabía a lo que se refería: corto y ajustado sólo era aceptable para las chicas que pesaban cuarenta kilos–. De todas formas, no me pondría algo tan ajustado para ir a trabajar. Es el único vestido que tengo y...

Luc estaba tomando su abrigo, intentando contener una reacción totalmente inapropiada, inexplicable y ridícula.

–¿No tienes más vestidos?

–No tenía que usar vestidos cuando trabajaba en el invernadero.

–Ah, claro. Creo recordar que llevabas un mono de color verde.

–Nunca te vi allí –dijo Agatha.

–Era un invernadero muy grande.

–Imagino que irías con tu madre, pero no me acuerdo. Danielle solía ir a comprar semillas...

–No, te vi un día volviendo a casa con un mono verde y botas de goma.

Agatha enrojeció al imaginarse a sí misma con el pelo revuelto y las botas llenas de barro, que era como solía volver a casa del trabajo.

–Supongo que no conoces a muchas mujeres que usen mono de trabajo y botas –murmuró mientras salían de la pensión.

—A ninguna —afirmó él—. Ninguna de las chicas con las que salgo se pondría un mono para salir a la calle.

—Lo sé.

—¿Ah, sí?

—He visto a las chicas con las que sales. Y no es que me interese, pero cuando Danielle vivía con nosotros a veces ibas a casa con alguna amiga... y todas eran iguales, así que imagino que te gustan las chicas que llevan mucho maquillaje y ropa de diseño.

—¿Detecto cierto sarcasmo en ese comentario? —Luc la miró mientras abría la puerta del coche.

—No te entiendo.

—Ya, lamentablemente no me entiendes.

—¿Qué quieres decir con eso?

—Que la sinceridad está muy bien, pero en Londres es mejor ser un poco más espabilado. El propietario de la pensión te está robando, Agatha. ¿Cuánto pagas por ese agujero al que él llama habitación?

—No es un agujero.

—Ese hombre debió de pensar que le había tocado la lotería cuando apareciste. Quince minutos en esa habitación y he visto suficientes goteras como para denunciarlo a las autoridades sanitarias.

—Es más cómoda en verano.

—Sí, claro —Luc hizo una mueca—. En verano no tendrás que rezar todas las noches para que el tiempo mejore. Es una vergüenza.

—El señor Travis me prometió que arreglaría las humedades y cambiaría el marco de la ventana. Se lo he dicho varias veces, pero su madre está en el hospital y el pobre no ha tenido tiempo.

Luc soltó una carcajada de incredulidad.

–Así que la madre del pobre señor Travis está en el hospital y por eso no ha tenido tiempo de arreglar las goteras, cambiar el marco de las ventanas o reemplazar esa moqueta apestosa. Me pregunto qué diría «el pobre señor Travis» si recibiese una carta de mi abogado mañana.

–¡No tienes por qué hacer nada!

–Ese hombre es un sinvergüenza que se está aprovechando de ti, Agatha. Yo no soy supersticioso, pero estoy empezando a pensar que esa llamada de mi madre ha sido cosa del destino porque otro mes en ese agujero y acabarías en el hospital con una neumonía. Ahora entiendo que lleves diez capas de ropa a la oficina, seguramente te has acostumbrado a vestir así para no pasar frío.

–No llevo diez capas de ropa a la oficina –protestó ella.

–No estás preparada para la vida en Londres –insistió Luc–. Creciste en una vicaría y tu único trabajo ha consistido en regar plantas en un invernadero. No me gusta tener que cuidar de nadie, pero empiezo a entender por qué mi madre está tan preocupada por ti.

–Eso es lo más horrible que puedes decirme.

–¿Por qué?

–Porque... –Agatha no terminó la frase. No quería que la viese como una pueblerina que necesitaba ayuda. Quería que la viese como una mujer sexy... o incluso sólo como una mujer. Pero ni siquiera se había fijado en su vestido, al menos de un modo que pudiera ser considerado un halago.

Claro que no lo dijo en voz alta.

—No tengo por costumbre hacer buenas obras, pero estoy dispuesto a hacerlo por ti. Deberías sentirte halagada.

—No puede halagarme que pienses que soy demasiado tonta como para cuidar de mí misma —replicó Agatha. Pero debía recordar que estaba a punto de cenar en un restaurante carísimo con un hombre que no la habría invitado si pensara que era tan patética como Luc parecía creer.

—Yo creo que lo mejor en esta vida es ser realista —insistió él—. Cuando volví a casa tras la muerte de mi padre y vi lo que había pasado con la fortuna familiar supe que podía hacer dos cosas: la primera, quedarme de brazos cruzados lamentándome y convirtiéndome en un amargado o ponerme a trabajar para recuperar lo que se había perdido.

—No te imagino cruzado de brazos ni amargado.

—No dejo que las cosas negativas me influyan.

—Ojalá yo pudiera tener esa fortaleza —Agatha suspiró, pensando en las dudas que había tenido siempre a pesar de haber crecido en un ambiente feliz.

Cuando sus amigas empezaron a experimentar con el maquillaje para parecerse a las modelos de las revistas, ella se había negado porque pensaba que lo importante era la belleza interior y que aspirar a la vida de otra persona era una pérdida de tiempo.

Por supuesto, en Londres esa convicción sobre la belleza interior había empezado a tambalearse. Se sentía como pez fuera del agua cuando salía con sus compañeras de la oficina, que habían desarrollado una increíble capacidad para transformarse en cinco minutos con un poco de maquillaje y unos zapatos de tacón.

Su vestido negro, que la hacía sentir un poco incómoda porque tenía un escote más pronunciado de lo habitual, era conservador comparado con la ropa que llevaban sus amigas y estaba tan poco acostumbrada a usar bisutería que no podía dejar de jugar con el collar.

−¿Crees que tengo fortaleza? −le preguntó él, burlón.

−Estás muy seguro de ti mismo. Te fijas un objetivo y vas a por él, como un sabueso.

−Bonita comparación.

−¿Nunca te preguntas si estás haciendo lo que debes?

−Nunca −respondió él. Cuando quedaban cinco minutos para llegar a Knightsbridge, Luc decidió que era el momento de interrogarla sobre el tal Stewart Dexter porque cada vez estaba más convencido de que era una ingenua a merced de un oportunista−. Bueno, háblame de Stewart...

Agatha parpadeó. Casi se había olvidado de él.

−¿Qué quieres saber?

−¿Cómo os conocisteis?

−En un bar.

−¿En un bar? ¿Sueles ir de bares?

−¿Qué es eso de «ir de bares»?

−Ir de un bar a otro tomando copas y emborrachándote cada vez más hasta que no te tienes en pie.

Agatha hizo una mueca. Sabía que muchas chicas se metían en serios apuros por hacer eso. Su padre había tenido que aconsejar y consolar por lo menos a tres.

–No pensarás que voy a quedarme embarazada de un tipo cuyo nombre no recuerde al día siguiente, ¿verdad?

–No, ya sé que tú no eres ese tipo de chica.

¿Eso era un insulto o un cumplido? Un cumplido, decidió Agatha.

–Lo conocí en un bar al lado de la oficina. De hecho, iba con mis compañeras de trabajo. Estábamos tomando una copa de vino y, de repente, el camarero se acercó con una botella de champán de parte de Stewart. Cuando lo miré, él me saludó con la mano y luego estuvimos charlando un rato.

–¿De qué?

–De muchas cosas –respondió ella, irritada–. Es muy inteligente... y muy guapo, además.

–Ah, ahora empiezo a entenderlo todo.

–Quería saber cosas de mí y eso me pareció muy bien porque la mayoría de los hombres sólo hablan de sí mismos.

–No sabía que fueras una experta.

–No tengo experiencia con los hombres de Londres, pero he salido con varios chicos en el pueblo y, en general, sólo quieren hablar de fútbol o coches –Agatha miró a Luc y, como siempre, sintió que le ardía la cara. Aquélla era la primera conversación de verdad que mantenía con él y lo estaba pasando bien, aunque odiaba admitirlo–. ¿De qué hablas tú cuando sales con una chica?

–Curiosamente, en mi caso son las mujeres las que suelen hablar.

Él no tenía interés en pasear de la mano o compartir sus pensamientos más íntimos con alguien con quien iba a acostarse.

–Tal vez porque sabes escuchar –sugirió Agatha–. Aunque no estoy segura. No me has escuchado cuando he dicho que sé cuidar de mí misma.

–La habitación de la pensión en la que vives demuestra que no es así.

–Tal vez debería haberle insistido más al señor Travis –asintió ella porque, aparte de otros problemas, Luc no había visto la nevera, que funcionaba por días, o su pariente, el horno, que hacía lo mismo–. Pero soy mayorcita en lo que respecta a todo lo demás.

–Puede que lo parezcas, pero tengo la impresión de que sólo eres grande por fuera.

¿Grande por fuera? ¿La estaba llamando gorda? Ella no era flaca, pero tampoco era gorda, pensó Agatha, furiosa.

–Ya sé que eres mayorcita –siguió él–. Pero no me había dado cuenta hasta ahora.

De nuevo, intentó encajar a la adolescente que él había conocido con la mujer que estaba sentada a su lado y, de nuevo, sintió esa especie de descarga eléctrica...

–¿Te refieres al vestido?

El vestido que se había puesto para él esperando vanamente que le hiciese un cumplido.

Habían llegado al restaurante, pero Agatha no pensaba salir del coche sin escuchar la respuesta, de modo que lo miró, con los brazos cruzados.

–¿Estás nerviosa? No te preocupes, si es tan inteligente y está tan interesado en ti como dices, seguro que lo pasaréis de maravilla.

–Estoy nerviosa por tu culpa.

–¿Por qué?

–No me has dicho una sola cosa bonita en toda la noche. Sé que nunca me hubieras contratado para trabajar en tu empresa, sé que te has visto forzado a ayudarme para devolverle el favor a mis padres, pero al menos podrías intentar ser amable.

–Yo no te he dicho nada malo...

–¡Me has dicho que no hago bien mi trabajo, que la ropa que llevo es horrible, que soy una ingenua... y ahora me dices que estoy gorda!

Hacer una lista de todas las cosas feas que le había dicho no fue buena idea. Podía lidiar con ellas de una en una, pero todas juntas eran demasiado y, de repente, sus ojos se llenaron de lágrimas. Cuando Luc le ofreció un pañuelo, lo tomó sin decir nada, pero el bochorno había reemplazado a la autocompasión y, después de sonarse la nariz, guardó el pañuelo en el bolso.

–Lo siento, tenías razón. Debo de estar más nerviosa de lo que pensaba.

–No, debería ser yo quien te pidiera disculpas –Luc no tenía tiempo para lágrimas pero, por alguna razón, ver llorar a Agatha le había tocado el corazón. Y el sumario de cosas que le había dicho aquel día no hacía que se sintiera orgulloso.

–No pasa nada –dijo ella, desesperada por salir del coche–. Se me ha corrido el rímel... ¿qué va a pensar Stewart?

–Que tienes unos ojos preciosos y que eres todo menos gorda –respondió Luc.

Y así, de repente, el ambiente en el interior del coche pareció cargarse de electricidad. Lo único que Agatha podía escuchar eran los latidos de su corazón...

Pero era absurdo, aquel hombre no había dicho una sola cosa buena sobre ella.

–No tienes que decir eso sólo para no herir mis sentimientos.

–No, ya lo sé. Pero es verdad que tienes unos ojos preciosos y cuando he dicho que sólo eras grande por fuera no quería decir que fueses gorda. Quería decir que has crecido... y con ese vestido tienes un aspecto muy sexy.

–¿Sexy... yo?

–Sí, tú. ¿Por qué me miras con esa cara de sorpresa?

«Por lo que estás diciendo», pensó Agatha, sintiendo que le ardía la cara.

–Esperemos que Stewart esté de acuerdo.

–Stewart –repitió él con voz ronca mientras le abría la puerta–. Te acompaño a la puerta...

–No hace falta, en serio.

–Ya sé que no hace falta, pero quiero hacerlo. Espera un momento –Luc pasó un dedo bajo sus ojos para limpiar las manchas de rímel y sonrió cuando ella dio un respingo–. No es nada, sólo un poco de rímel. Cualquiera diría que no te han tocado nunca.

–Me limpiaré con el pañuelo. ¿Te importa encender la luz un momento? Tengo que verme la cara antes de entrar en el restaurante... –unos segundos después, cuando terminó de arreglarse, se volvió hacía él con una sonrisa–. Ya podemos irnos.

Tres horas y media después, cuando salieron del restaurante, estaba lloviendo a cántaros.

–¿Cuándo puedo volver a verte?

Agatha miró a Stewart, que estaba más cerca de lo que a ella le gustaría... aunque era inevitable porque estaban los dos bajo su paraguas. El propio Stewart le había abrochado el abrigo y, aunque le había parecido halagador, Agatha se sentía incómoda.

Además, durante la cena no había estado pendiente de él, sino recordando punto por punto su conversación con Luc... e imaginando lo que debería haber respondido a sus insultantes comentarios.

Había tenido que pedirle a Stewart que repitiese lo que decía en varias ocasiones porque estaba distraída y no había disfrutado de la cena.

En realidad, no sabía por qué quería volver a verla y se sentía mal por pensárselo cuando Stewart había mostrado tanto interés por todo lo que le contaba, aunque fueran detalles aburridos sobre su trabajo.

–Mañana es sábado y conozco una discoteca estupenda en Chelsea. No te puedes creer la cantidad de famosos que he visto allí... te encantará, ya lo verás.

–Mañana no me viene bien, pero a lo mejor podríamos vernos la semana que viene.

Stewart no pareció muy contento, pero después de parar un taxi la tomó por la cintura y le plantó un beso en los labios.

–¿Seguro que no quieres venir a mi casa a tomar una copa? Hago un café irlandés estupendo.

Agatha declinó la oferta y se sintió aliviada cuando Stewart subió al taxi... llevándose el paraguas con él. La lluvia arreciaba, de modo que tendría que parar un taxi, aunque ir a su casa en el norte de Londres le costaría una pequeña fortuna. Pero ahora que necesitaba uno, como solía ocurrir, no había taxis por ningún sitio...

Un coche plateado se detuvo frente a ella y el conductor abrió la puerta del pasajero.

—Sube, Agatha. Vas a pillar un resfriado si te sigues mojando.

Luc.

¿Qué hacía allí?

—No quiero estropearte la noche. Voy a tomar el metro, no te preocupes.

Agatha siguió caminando, pero Luc fue tras ella y abrió de nuevo la puerta del pasajero cuando tuvo que detenerse en un semáforo.

—Si no subes, me veré obligado a meterte en el coche a la fuerza. ¿Quieres que montemos una escena en pleno Knightsbridge?

Suspirando, Agatha subió al coche.

—¿Has estado esperándome todo este tiempo?

—No, pero decidí volver a buscarte.

—¿Por qué? Sé que piensas que soy una ingenua, pero llevo ocho meses moviéndome por Londres en el metro y no me ha pasado nada. Mi madre lo odia. Según ella, el metro está lleno de delincuentes. Y eso que sólo ha venido a Londres en un par de ocasiones... y ni siquiera ha tomado el metro —Agatha hizo una mueca—. Ay, perdona, sé que hablo demasiado.

Luc tuvo que disimular una sonrisa.

—Antonio me llamó cuando estabais a punto de pagar la cuenta.

—¿Quién es Antonio?

—El propietario del restaurante. Nos conocemos desde hace años.

–¿Y si hubiera ido con Stewart a un bar o una discoteca? O podría haber ido a su casa.

–¿Te lo ha pedido?

–Sí.

–Y tú le has dicho que no. Una decisión muy sensata.

–Pero no sé lo que diré la próxima vez que me lo pida –Agatha lo miró con gesto retador.

Luc se había quitado el traje de chaqueta y llevaba un vaquero negro y un jersey de cuello alto. Y tuvo que admitir, avergonzada, que a pesar de todo nunca se cansaría de mirarlo.

–¿Entonces has vuelto a quedar con él?

–No, pero me va a llamar la semana que viene. ¿Qué has hecho esta noche?

–He estado trabajando en... digamos que un proyecto muy interesante.

–Es estupendo que disfrutes tanto de tu trabajo. Aunque da un poco de pena que trabajes incluso los viernes por la noche.

–Tu sinceridad es asombrosa –dijo él, realmente sorprendido–. Podría haber salido con alguien, pero tenía cosas más importantes que hacer. Y después, he decidido que tenía que hablar contigo.

–¿Por qué?

Eso de que «tenía que hablar con ella» le daba un poco de miedo. ¿Iba a despedirla?

Agatha suspiró al imaginar que tendría que volver a Yorkshire con las manos vacías. Pero para vivir en Londres, aunque fuera en una pensión, hacía falta un sueldo.

–Éste no es el sitio adecuado. Voy a llevarte a

casa, tú me vas a invitar a un café y allí podremos charlar.

–¿No puede esperar hasta el lunes?

–Yo creo que es mejor quitárselo de en medio cuanto antes. Pero relájate, cuéntame qué tal la cena con Stewart. Dime cómo te puede gustar un tipo que toma un taxi tranquilamente y te deja en la calle cuando está lloviendo a mares.

Como creía haberse quedado sin trabajo, Agatha pensó que no perdía nada por ser sincera. A excepción de su madre, la gente nunca era sincera con Luc. Todo el mundo le decía: «sí, señor, no, señor» y él parecía encantado. Era un arrogante y creía que podía decirle a todo el mundo lo que debía hacer.

–No me apetece hablar de eso contigo.

–¿Por qué no?

–Porque no.

–¿Te da vergüenza? No tienes por qué avergonzarte de que la cita haya ido mal. Esas cosas pasan, lo que tienes que hacer es seguir adelante.

–¿Quién ha dicho que la cita haya ido mal?

–Te ha dejado en la calle después de tomar un taxi –reiteró Luc.

Además, Agatha le estaría agradecida cuando le contase lo que había averiguado sobre Stewart Dexter. Aquel viernes por la noche había sido un aburrimiento, pero no estaba enfadado, al contrario.

Tardaron menos de media hora en llegar a la pensión y Agatha no había dicho una sola palabra durante todo el camino. Su cena con Stewart había sido una desilusión, pero no le hacía la menor gracia que Luc apareciese a recogerla como si saliera del colegio. O que dijera que su cena con Stewart había ido mal, que era algo que debía olvidar y seguir adelante. ¿Qué sabía él?

Ella no le había pedido que se metiera en su vida. Apenas la había mirado en esos ocho meses y ahora que su madre lo había obligado a prestarle un poco de atención no podía disimular que le resultaba una molestia. Todo en ella parecía ofenderlo, empezando por el hecho de que no le hiciera la pelota y terminando por su aspecto físico, que no parecía gustarle en absoluto.

Ahora había decidido «hablar con ella» y sólo podía ser sobre el trabajo. Seguramente habría hecho una lista de todas las razones por las que debía despedirla e iba a decirle que, a pesar de deberle un favor a sus padres, no podía cargar con un peso muerto en la oficina.

—Sé lo que vas a decir —se adelantó en cuanto Luc quitó la llave del contacto—. Y puedes decírmelo aquí mismo, no hace falta que subas.

—¿Sabes lo que voy a decir?

—Sé lo que piensas de mí y sé lo que vas a decir.

—No, me parece que no tienes ni idea de lo que pienso de ti y tampoco sabes lo que voy a decirte. Y no quiero seguir hablando aquí.

—Quiero terminar con esto lo antes posible —le rogó Agatha. Pero Luc ya estaba fuera del coche, de modo que tuvo que seguirlo.

Cuando llegaron a su habitación, Agatha encendió la luz y miró alrededor con ojos nuevos. Con los ojos de Luc. Vio las paredes descoloridas, las manchas de humedad que había intentado esconder colgando dos grandes pósteres, los muebles viejos, la moqueta sucia asomando bajo la alegre alfombra marroquí que había comprado en un mercadillo... y el frío que hacía.

Luc tenía razón, ¿quién vivía en circunstancias tan patéticas?

—Soy un fracaso y quieres encontrar una manera amable de librarte de mí. Estoy despedida, ¿verdad?

—¿Despedida? ¿Por qué iba a despedirte? —exclamó Luc, clavando en ella unos ojos tan verdes como el mar—. No, iba a contarte que conozco a Stewart Dexter y sé lo que quiere de ti.

Capítulo 3

ONOCES a Stewart? –Agatha lo miró, perpleja–. Pero no lo entiendo. Si no te lo he presentado siquiera...

–Quítate el abrigo y siéntate, por favor.

–Si lo conocías, ¿por qué no lo has saludado? –mientras ella intentaba entenderlo, Luc la ayudó a quitarse el abrigo–. Bueno, por lo menos no vas a despedirme.

–No, no voy a despedirte.

Cuando Luc clavó en ella sus fabulosos ojos verdes, Agatha tuvo que tragar saliva. Fue un alivio dejarse caer en el sofá, pero cuando miró hacia abajo se sintió avergonzada por el escote del vestido, del que sus abundantes pechos parecían querer escapar.

–No entiendo por qué era tan importante para ti ir a buscarme al restaurante.

–Cuando mencionaste el nombre del tipo con el que ibas a cenar me resultó familiar –dijo él–. Conozco a mucha gente y Dexter es un apellido corriente, pero cuando lo vi esperándote en la barra empezaron a sonar las alarmas.

–¿Qué alarmas? No sé de qué estás hablando.

–Lo que tengo que decir no va a gustarte, Agatha.

Aunque solía ir al grano, Luc se quedó callado un momento, considerando cuidadosamente sus palabras.

Frente a él, Agatha lo miraba con expresión perpleja. Parecía muy joven en ese momento y, curiosamente, el revelador vestido aumentaba esa impresión.

–¿Cuántos años tienes? –le preguntó.

–¿Perdona?

–No, déjalo, no importa. No es fácil decir esto, pero Dexter no es el tipo que tú crees que es.

–No sé de qué estás hablando. ¿Stewart Dexter no es Stewart Dexter? ¿Entonces quién es?

–Trabajó en una de mis empresas. Cuando me pareció reconocerlo volví a la oficina y estuve investigando un poco...

–¿Has investigado a Stewart? –exclamó Agatha.

–Francamente, yo le aconsejaría a todas las mujeres que investigaran a los hombres que conocen en un bar –dijo Luc, irónico–. Esto no es Yorkshire.

–No me avergüenza confiar en la gente. Aunque sé que tú no lo haces y entiendo por qué. Tu padre confió en George Satz y, a cambio, él le robó todo su dinero.

La historia había salido en el periódico local durante semanas y con cada nueva revelación aumentaban las especulaciones. Elliot Laughton ya no estaba allí para defenderse y los cotilleos no podían ser refutados. Agatha había sentido pena por Luc, aunque eso era algo que no le diría nunca porque él había vuelto de la universidad con una especie de barrera protectora alrededor que repelía cualquier gesto de compasión. Pero todo aquello lo había hecho el hombre que era, un hombre que jamás otorgaba a nadie el beneficio de la duda.

Agatha se aclaró la garganta.

–Entiendo que desconfíes de la gente –repitió–, pero a mí no se me ocurriría investigar a nadie. Además, habíamos quedado en un sitio público y no pensaba irme con él después de cenar.

–Como he dicho, no tienes experiencia moviéndote en una ciudad como Londres. Dexter fue despedido de la compañía hace un año y medio. Trabajaba en una de las empresas de informática que adquirí hace unos años y lo pillaron intentando pasarle información confidencial a la competencia.

–No te creo –dijo Agatha.

–No *quieres* creerme –replicó él–. Te aseguro que no me hace ninguna gracia tener que contarte esto, pero estoy haciendo de buen samaritano. Naturalmente, después de eso fue despedido sin referencias de ninguna clase y desde entonces no ha trabajado para ninguna compañía importante. ¿Te ha dicho dónde trabaja?

–No –Agatha empezaba a marearse–. ¿Estás seguro de eso, Luc? Es muy fácil confundir a la gente y... tal vez no sea la misma persona.

–Yo no cometo ese tipo de errores.

–Todo el mundo comete errores.

Luc decidió no responder.

–Podría averiguar dónde trabaja. Pero para encontrar un puesto en otra empresa de informática tendría que haber falsificado referencias de mi compañía...

–¡No soy una niña! Si Stewart es la persona que tú dices, puedo preguntarle directamente.

–Y seguro que él inventaría alguna mentira convincente.

–Y yo me lo creería, ¿verdad? Como soy una ingenua.

–¿Por qué me haces sentir como un monstruo? Estoy haciéndote un favor –dijo Luc, conteniendo el deseo de abrazarla.

–A mí no me parece un favor. Aunque Stewart fuera la persona que dices, tal vez haya alguna explicación. Y aunque fuese cierto, ¿qué tiene eso que ver conmigo?

–Tal vez Dexter te buscó a propósito.

–¿A mí? ¿Para qué?

–Podría ser una coincidencia, por supuesto, pero intuyo que te buscó a propósito. ¿Tú sabes el dinero que se juega en el mundo de la informática? Por eso es una de las zonas confidenciales de mi negocio. Mis diseñadores de juegos por ordenador están creando programas que podrían competir con las mayores empresas estadounidenses... y después de que Dexter intentase vender información confidencial, me aseguré de sellar cualquier posible salida de información. Pero si Dexter quiere vender alguna idea, tal vez se le haya ocurrido hacerlo por una ruta diferente: a través de ti.

Agatha lo miró, incrédula. Luc podría estar equivocado, ¿pero cometería un error como ése? Cuando se trataba de los negocios, su inteligencia era legendaria. Todos hablaban de él con reverencia, con admiración, como si todo lo que tocase se convirtiera en oro.

–¿Te ha hecho preguntas Dexter sobre la compañía?

–Se ha mostrado interesado en mi trabajo...

–Ah, claro.

–Todo el mundo merece una segunda oportunidad. Incluso la gente que ha estado en la cárcel.

Pero se dio cuenta de que el tema de su trabajo había salido a menudo en las conversaciones. Como se sentía halagada por el interés de Stewart, no le había contado que lo que hacía en la compañía Laughton era irrelevante. Ni siquiera le había dicho que su oficina era del tamaño de un armario.

–Creo que Dexter está manipulándote para obtener información –insistió Luc.

Agatha se levantó para servirse un vaso de agua. La enfurecía que hubiese decidido investigar a Stewart para humillarla, diciendo luego que le estaba haciendo un favor.

Se dio cuenta entonces de que prefería admirarlo desde lejos. Entonces, que su corazón se volviera loco cada vez que lo veía había sido un poco inconveniente pero nada más. Se recordaba a sí misma en la vicaría, leyendo un libro y soñando despierta que Luc se enamoraba de ella. A los diecisiete años, había sido un sueño muy bonito...

Pero tenerlo tan cerca, decidido a salvarla de sí misma, era más de lo que podía soportar. Era demasiado. Se sentía como la proverbial polilla atraída por la luz, sabiendo que cuanto más se acercase, más peligrosa era la situación.

No quería que le prestase tanta atención, no quería que pensara que tenía que cuidar de ella como si fuera una niña. Quería que volviera a ser el hombre al que admiraba de lejos...

Agatha parpadeó para volver al presente.

–¿Qué información podría querer sacarme Stewart? Yo no sé nada sobre software. Tengo un ordenador en el despacho, pero apenas lo uso. Y no sé nada sobre los programas que crea la compañía. ¿Qué iba a contarle?

Luc se apartó de la ventana para alejarse un poco de ella, pero era una habitación muy pequeña y desde cualquier ángulo se veía enfrentado con su suave piel, con esa cara de ángel...

–Te equivocas si crees que Stewart me ha buscado para robar secretos de la compañía –insistió Agatha.

–Tú y yo sabemos que no puedes contarle nada sobre la compañía, pero Stewart no lo sabe.

–Por favor...

Agatha había creído que su vida como chica soltera en Londres empezaba con Stewart. Pero su cita con él no había sido lo que esperaba y ahora aquello...

–Ese hombre está utilizándote y tienes que librarte de él. Desde mi punto de vista, te conviertes en un peligro en el momento que se cuestiona si se puede o no confiar en ti –dijo Luc entonces.

–¿Qué? Pero tú sabes que yo nunca le contaría nada a nadie... ¡y no hay nada que pueda contar!

–Por el momento.

–¿Estás diciendo que no confías en mí?

Luc se encogió de hombros.

–Las charlas de cama crean una magia extraña. ¿Quién sabe si Stewart podría convencerte para que le pasaras algún archivo? Dexter conoce el edificio, puede decirte qué archivos le interesan o dónde buscar. No hay ninguna posibilidad de que consiga algo importante, pero no estoy dispuesto a arriesgarme.

Agatha ni siquiera sabía si quería seguir viendo a Stewart, pero la ponía furiosa que le diera órdenes.

–Muy bien, me lo pensaré –tuvo que decir por fin.

–Tendrás que hacer algo más que eso.

–¿O perderé mi trabajo?

–Lamentablemente, así es.

No parecía sentir el menor remordimiento, como si no tuviera importancia. Y Agatha, que siempre era capaz de ver algo bueno en cualquier situación, se dejó caer sobre el sofá, deprimida.

Luc tuvo que hacerse el fuerte para no consolarla. Pero lo hizo, dejó que el silencio se alargara y unos minutos después salió de la habitación, el sonido de la puerta al cerrarse como una bomba.

Después de haber descubierto que Dexter era un estafador, había esperado que Agatha le diese las gracias. Si alguien le hubiera dicho a él que una de las chicas con las que salía sólo estaba interesada en su dinero, se habría librado de ella inmediatamente, agradeciendo que le hubieran dado esa información. Claro que él era una persona realista, Agatha no lo era.

En lugar de echarle los brazos al cuello para darle las gracias, se había mostrado incrédula, desagradecida e incluso lo había puesto en la posición de tener que darle un ultimátum.

¿No decían que las buenas obras siempre recibían un castigo?

Luc pasó el fin de semana inquieto. No podía creer que Agatha eligiera un hombre al que apenas conocía por encima de su consejo y por encima de un trabajo más que bien pagado. La idea de despedirla, aunque no tendría otra opción si no dejaba a Dexter, no lo llenaba de entusiasmo precisamente.

Su madre nunca le pedía nada. Incluso cuando se encontró sin dinero y sin hogar, ni una sola vez le había pedido ayuda. Lo único que había hecho era protegerse a sí misma de la crueldad de la prensa, de modo que la idea de decepcionarla no le resultaba agradable.

Pero el domingo por la noche estaba dispuesto a hacer lo que tenía que hacer y no perdió el tiempo debatiendo los pros y los contras.

A las siete, aparcaba su Aston Martin frente al edificio de la pensión en la que vivía Agatha. La había llamado un par de veces sin recibir respuesta y la luz de su habitación estaba apagada, de modo que no estaba allí. Daba igual, la esperaría.

No se detuvo a analizar si era correcto aparecer en su casa para preguntarle si había tomado una decisión: Dexter o su trabajo.

Había estado de mal humor todo el fin de semana, pero empezaba a animarse y estaba hablando por el móvil cuando ella apareció.

Agatha no vio el Aston Martin aparcado entre una moto y una furgoneta blanca. Francamente, no se daba cuenta de nada mientras sacaba las llaves del bolso con manos temblorosas y tampoco oyó los pasos en la acera cuando por fin abría el portal.

Pero cuando alguien puso una mano en su brazo, lanzó un grito y golpeó a su atacante en la cara con el bolso.

—¡Por el amor de Dios! ¿Se puede saber qué haces?

¡Luc!

Conteniendo el deseo de golpearlo otra vez, Agatha entró en el portal y estuvo a punto de darle con la puerta en las narices... y lo habría hecho si Luc no la hubiera sujetado con la mano.

—¿Qué haces aquí?

—¿En este momento? Preguntarme si me has roto la mandíbula —respondió él—. ¿Qué llevas en el bolso, piedras?

—Si no aparecieras de repente como un ladrón, no te habría golpeado.

—Estoy empezando a creer que cuando se trata de ti, el aspecto engaña —admitió él.

—No me apetece hablar contigo.

—¿Por qué no? ¿Dónde has estado?

—No es asunto tuyo. Márchate.

—Sabes que no voy a marcharme. No llegamos a una conclusión el otro día.

Agatha no dijo nada mientras subía al segundo piso, pero en caso de que pensara darle con la puerta en las narices, Luc puso una mano en el quicio.

—Te he dicho que no quiero hablar contigo —repitió Agatha. Aunque no sabía para qué se molestaba porque allí estaba Luc, en su habitación, esperando una respuesta. Y sabía que no se iría sin recibirla.

Ya no se trataba sólo de que saliera con el tipo equivocado, sino que ese tipo podría ser una amenaza para su compañía. Entendía su ansiedad, pero eso no significaba que le gustase verlo allí otra vez, haciéndola sentir incómoda.

Agatha se quitó el abrigo, pero debajo no llevaba un vestidito negro, sino un pantalón vaquero y un cardigan grueso abrochado hasta el cuello. Y, sin embargo, él no podía dejar de verla con aquel vestido negro tan sexy. Y luego sin el vestido, desnuda, echando la cabeza hacia atrás para que pudiera jugar con sus generosos pechos, llevando una mano hacia su erección...

La inmediata reacción de su cuerpo lo sorprendió de tal modo que tuvo que apartar la mirada.

—Sí, lo sé.

—Ese tipo no te merece, Agatha.

La luz de las farolas hacía que su pelo rubio pareciese de plata y se preguntó por qué nunca hasta entonces se había fijado en lo delicado de sus facciones: los ojos grandes, la nariz pequeña y recta, unos labios generosos y un rostro ovalado. Tal vez porque Agatha nunca lo miraba a los ojos si podía evitarlo.

—¿Cómo sabes que he estado con Stewart? Bueno, da igual, no me lo cuentes. Hemos terminado, así que ya no tienes que preocuparte.

—Me alegro —dijo él—. Has hecho lo que debías hacer.

—No te importan los sentimientos de nadie, ¿verdad? Lo único que te importa es tu empresa. No te importa que Stewart haya sido el primer hombre con el que he salido desde que llegué a Londres.

—Y mira cómo ha terminado el asunto. Si crees que ahora te ha roto el corazón, imagina lo que habría pasado si hubierais salido juntos durante seis meses o un año. ¿Cómo te habrías sentido si te hubiera dejado entonces porque no podías darle lo que buscaba?

–¿Cómo puedes ser tan frío? –exclamó Agatha.

Pero lo peor de todo era que tenía razón. En cuanto le contó a Stewart que había decidido dejar su trabajo en la compañía Laughton, sintió que él se apartaba. Su entusiasmo por pedir la cuenta mientras ella le hablaba del estrés de trabajar en una compañía tan grande y su deseo de buscar empleo en algo relacionado con la jardinería habría sido gracioso si no fuera tan deprimente. Nunca sabría si había salido con ella para intentar robar secretos de la empresa, pero estaba claro que había querido encontrar la forma de infiltrarse, tal vez para vengarse de Luc por haberlo despedido.

Sabía que era un manipulador y un sinvergüenza, pero eso no le hacía mucho bien a su autoestima.

Y que Luc estuviera allí prácticamente riéndose de ella era la gota que colmaba el vaso.

–Tú no sabes lo que es llevarte una desilusión así. Eres como un bloque de hielo.

–Era un manipulador, Agatha.

–¡Ya sé que era un manipulador! Y sé que esa relación no habría funcionado, pero estaría bien que no me lo restregaras por las narices. Todo esto es una broma para ti porque no quieres tener una relación con nadie.

–Te he hecho un enorme favor.

–Pues no me apetece darte las gracias.

Estaban a unos centímetros el uno del otro. Agatha no sabía cómo sus pies la habían llevado hasta él, pero al ver los puntitos amarillos en sus ojos verdes se quedó sin aliento.

–¿Te sientes mejor ahora? Es lógico que te enfades, Agatha. Lo comprendo.

–No estoy enfadada.

–Si no te enfadas de vez en cuando, la gente te tomará el pelo. Si quieres, buscaré a Dexter y le daré una paliza en tu nombre.

Ella parpadeó, sorprendida.

–No creo en la violencia.

–Siéntate. Voy a hacer un café.

–¿Por qué estás siendo tan amable?

Luc esbozó una sonrisa que aceleró su corazón. Pero se había llevado un disgusto esa tarde y la idea de estar sola le parecía deprimente.

Además, aquélla era una faceta de Luc que no había visto antes... seguramente una faceta que atraería a las mujeres por hordas. Porque rico o pobre, Luc Laughton siempre tendría un club de fans.

Cuando se puso en cuchillas a su lado para ofrecerle una taza de té, Agatha se sintió especial. Era ridículo y le gustaría luchar contra ese sentimiento, pero su desilusión con Stewart la hacía sentir particularmente vulnerable.

–Tenías razón –admitió por fin–. Mi sitio no está en Londres.

–¿Porque un tipo te ha engañado? No puedes darte por vencida tan pronto –Luc se sentó frente a ella.

–Porque debería haberme dado cuenta de que quería engañarme.

Luc tomó su mano entonces y aunque Agatha estuvo a punto de apartarla, al final no lo hizo. Se daba cuenta de que era un gesto de consuelo, nada más.

–En fin... –no se atrevía a mirarlo por miedo a que el brillo de sus ojos y el contacto de su mano la empujaran a hacer algo realmente estúpido, de modo que respiró profundamente.

–No tiene sentido que siga trabajando para ti.

–¿Por qué dices eso?

–Te estoy muy agradecida, pero la verdad es que no tengo suficiente experiencia de la vida. ¿Y si tú no hubieras reconocido a Stewart? ¿Y si hubiera hecho... lo que fuera que quería hacerte? Yo no me habría dado ni cuenta. Además, no tengo experiencia profesional, no te sirvo de mucho en la oficina.

Pensó entonces en las ilusiones que tenía cuando llegó a Londres. Vivir en un pueblo pequeño había sido estupendo hasta entonces, pero era una suerte tener un puesto en una compañía como la de Luc. Había pensado que iba a adquirir experiencia, que todo sería más fácil. Conocería a mucha gente, saldría con sus amigos y tendría novios...

Sí, había hecho amigos, pero el optimismo sobre su trabajo en la oficina había demostrado ser una ilusión. Le resultaba difícil acostumbrarse a las labores informáticas y se dedicaba a hacer lo que nadie más quería hacer en la oficina. ¿Cómo iba a competir con empleados que tenían un título universitario y varios idiomas?

¿Y dónde estaban esos novios que iban a hacerla olvidar su obsesión por Luc?

–Ahora me siento mucho mejor –dijo entonces, intentando sonreír–. Y no pienso volver a enfadarme.

–¿Por qué no? Soy duro, puedo soportarlo.

–Tengo que ser realista, así que volveré a Yorkshire –afirmó Agatha–. No tiene sentido que busque otro trabajo en Londres. He estado en los jardines

Kew para preguntar si había algún puesto libre, pero me han dicho que no. También había pensado hacer un curso de paisajismo... eso es lo que me gusta, Luc. Trabajar en una oficina no es para mí.

–¿Por qué no me miras a los ojos? No voy a morderte.

Que no lo mirase a los ojos mientras hablaba empezaba a molestarlo de verdad. ¿Tanto miedo le tenía?

Pero su enfado lo había hecho ver que había una apasionada naturaleza bajo ese tierno exterior. ¿Entonces por qué no lo miraba? ¿Estaría intentando esconder algo?

Agatha intentó decir algo sensato, pero tenía la boca seca. Lo único que podía ver era ese atractivo rostro tan cerca del suyo y lo único que podía escuchar eran los latidos de su corazón.

–Ah, ya veo lo que intentabas esconder –dijo Luc entonces.

No lo había sospechado siquiera. Pasaba tan desapercibida en la oficina que no se había dado cuenta...

–¿Qué quieres decir?

–¿Es porque te he pillado en un momento particularmente vulnerable?

–No te entiendo.

–Claro que me entiendes –Luc alargó una mano para apartar un mechón de pelo de su cara y Agatha cerró los ojos sin darse cuenta.

Ésa fue la gota que colmó el vaso para Luc quien, dejando escapar un gemido ronco, tiró de ella con impaciencia. Su pelo era como la seda...

Agatha pasó de la fantasía a la realidad y se sintió perdida de repente.

Aquel momento había aparecido en todos sus sueños desde que era una cría. Le parecía irreal, pero el cosquilleo que sentía entre las piernas no lo era.

¿Estaba ocurriendo de verdad?

Pero el calor de sus labios era como un ciclón y se rindió por completo, dejando escapar un gemido de placer cuando la apretó contra el respaldo del sofá.

Siempre en control de cualquier situación con una mujer, Luc se encontró de repente sin control alguno.

–En este momento no te sientes segura de ti misma... –empezó a decir, intentando insertar un poco de racionalidad a la situación.

–No hables, por favor... no digas nada.

Mientras Luc metía una mano bajo la camisa para tocar su pecho, Agatha sentía como si no fuera ella misma. En su fantasía, siempre había sido suave como un sueño; la realidad era feroz, dramática y abrumadora. Era como si su cuerpo se hubiera separado de su mente y el sentido común hubiera desaparecido, empujado por una ola de deseo desconocida para ella.

Luc se movió y el roce de su erección contra su vientre provocó un río de lava entre sus piernas.

–Vamos al dormitorio –murmuró Agatha.

Si hubo un segundo de duda por parte de Luc, no se dio cuenta ya que se limitó a suspirar mientras la tomaba en brazos, riendo cuando ella le dijo que pesaba demasiado.

–¿Crees que soy un flojo? –murmuró con voz ronca, dejándola sobre la cama y apartándose un momento para mirarla.

Pero no por mucho tiempo. No podía quitarle la ropa a velocidad suficiente y le volvía loco cómo lo miraba, sus ojos tímidos y sensuales a la vez. Era lo más excitante que había visto nunca.

Sin embargo, el mínimo sentido común le hizo preguntar:

—¿Estás segura, Agatha?

Ella asintió con la cabeza y eso fue todo lo que necesitaba.

Capítulo 4

LUC MIRÓ a la mujer que estaba a su lado en la cama, cálida, deseosa y sexy. Su deseo era tan potente como un tren en marcha. No recordaba la última vez que una mujer había provocado algo así.

¿Sería verdad que la variedad era la salsa de la vida? ¿Se habría hartado de esa idea occidental que dictaba que las mujeres sólo eran bellas cuando eran delgadísimas como palillos? No lo sabía y no se detuvo a analizarlo mientras se quitaba la ropa, tomándose su tiempo, disfrutando al verla absorbiendo los detalles de su desnudez.

Cuando se tumbó a su lado en la cama la sintió temblar.

—Eres preciosa —murmuró, con un tono ronco e insoportablemente erótico.

—Eso no es lo que decías antes.

—La ropa no te hace justicia.

—Porque no soy delgada —dijo Agatha, exultante al estar viviendo un sueño que siempre había considerado fuera de su alcance.

—Estoy empezando a pensar que la delgadez está sobrevalorada —Luc le quitó la camiseta y pasó un dedo sobre el sujetador, fascinado al ver que el pezón se endurecía ante la caricia.

Sin quitarle el sujetador, inclinó la cabeza para pasar la lengua sobre el encaje y cuando la notó temblar tuvo que hacer acopio de todo su autocontrol para no tomarla en ese mismo instante, como un adolescente alocado en su primera cita.

Sus pechos eran grandes, más grandes de lo que su ropa ancha lo había hecho creer hasta entonces. Y le gustaban mucho, tanto que lo volvían loco.

Tomarse su tiempo estaba muy bien en teoría, pero en la práctica era casi imposible.

Un experto desnudando a las mujeres, Luc encontró serias dificultades para quitarle el sujetador y se lo habría arrancado si ella no hubiera echado las manos hacia atrás para desabrocharlo.

–Creo que he perdido práctica... –empezó a decir Luc.

Pero al ver los rosados discos con las puntas erectas que parecían llamarlo, suplicando su atención, no pudo terminar la frase.

¿Y quién era él para negarles ese placer?

Masajeó sus pechos con las dos manos, rozando los pezones con el pulgar antes de inclinarse para meterlos en su boca. Pero mientras chupaba uno y luego otro no sabía cuál de los dos estaba recibiendo más placer.

Cuando puso la mano en la cinturilla de sus vaqueros, Agatha tuvo que contener un grito.

–Por favor... –murmuró, enterrando los dedos en su pelo.

–¿Por favor qué?

–Te deseo... –admitió ella, una admisión que le habría parecido inconcebible sólo horas antes.

–¿Cuánto? –preguntó Luc.

¿Desde cuándo le hacía esa pregunta a una mujer?

Agatha abrió los ojos, dejando escapar una risita nerviosa.

–Sé que esto es una locura, pero te deseo tanto... –murmuró, pasando una mano por su torso, maravillándose al sentirse como una seductora–. Y no quiero seguir hablando.

–A veces hablar es sexy...

Y mientras la tocaba, alabando su cuerpo a medida que la desnudaba, Agatha descubrió que era verdad. Era muy, muy sexy.

Pero estaba deseando que le quitara los pantalones y ella misma lo ayudó, moviendo las piernas hasta que acabaron en el suelo, junto con el resto de la ropa.

–¿Estás húmeda por mí? –susurró Luc.

–No digas eso, me da vergüenza –Agatha apenas se reconocía a sí misma.

–Nunca pensé que tú y yo... –empezó a decir él, acariciando un pezón con los dedos–. ¿Te gusta?

Luc no solía hablar demasiado en la cama y estaba sorprendido consigo mismo.

–Más de lo que puedas imaginar –respondió Agatha.

El efecto de esas palabras fue electrizante. Después de quitarle las braguitas deslizó dos dedos en su interior, acariciándola hasta que se arqueó contra su mano, pero cuando se inclinó para besar su estómago Agatha abrió los ojos.

–No hagas eso –protestó.

Luc se detuvo para mirarla con cara de sorpresa pero luego, sonriendo, se colocó entre sus piernas.

Sin dejar de mirarla, imaginando el rubor que cubriría su rostro porque estaba demasiado oscuro como para verlo en realidad, inclinó la cabeza para rozarla con la lengua.

El instinto hizo que Agatha se arquease hacia él... la boca de Luc explorando su parte más íntima provocaba un placer totalmente desconocido para ella.

Nunca la habían tocado así en toda su vida y nada podría haberla preparado para lo que sentía. Cuando pensaba que era la boca de Luc acariciándola ahí, quería desmayarse.

—No puedo esperar más —musitó él. Pero cuando la penetró, Agatha dio un respingo—. Estás muy tensa.

—Por favor, no pares.

Al ver un brillo de deseo en sus ojos, Luc empezó a moverse rítmicamente y cuando Agatha levantó las caderas la penetró hasta el fondo, incapaz de controlar su deseo de gratificación.

Sentir que Luc se derramaba en ella mientras experimentaba un orgasmo que la dejó agotada, fue la experiencia más liberadora de su vida.

Después, increíblemente cansada e increíblemente saciada, apoyó la cabeza en el pecho de Luc para escuchar los latidos de su corazón, pero su silencio la hacía sentir incómoda.

Y pensó que aquélla era la definición de realidad, aquella sensación de frío después de la euforia.

—Ha sido un error —murmuró—. No tienes que decírmelo, ya lo sé.

Era mejor ser la primera en decirlo. Porque después de hacer el amor empezaba a notar que Luc se apartaba un poco. ¿Se habría acostado con ella por compasión? Tal vez al verla tan dolida y humillada después de romper con Stewart, había sentido pena por ella.

En realidad, desde que empezó a trabajar para él había empezado a verlo como algo más que una fantasía. El despacho de Luc no estaba en su planta y la mayoría de los días ni siquiera lo veía, pero en las raras ocasiones en las que la había llamado a su despacho, sus sentimientos por él se habían acrecentado. Aunque esa interacción profesional debería haberlo puesto todo en perspectiva, había sido al contrario, agigantando su juvenil enamoramiento.

Y ahora...

Agatha no podía mirarlo, lo cual era ridículo considerando que estaban en la cama, desnudos.

¿Qué estaría pensando? Había ido allí para consolarla y ella se había echado en sus brazos con total abandono...

¿Qué hombre de sangre caliente la habría rechazado?

Era comprensible que hubiera respondido a la invitación y debía aceptar que la culpa era suya.

Pero era importante rescatar algo de su dignidad en esa extraña situación.

Cubriéndose el pecho con la colcha, le dijo:

–Deberías irte.

–Tenemos que hablar de lo que ha pasado.

–No, es mejor que no lo hagamos –dijo Agatha–. De verdad, no quiero hablar de ello –añadió, volviéndose para mirarlo.

Luc estaba apoyado en un codo y, sin darse cuenta, miró el fabuloso torso cubierto de un suave vello oscuro que había acariciado febrilmente unos segundos antes...

–Eras virgen. ¿Por qué no me lo habías dicho?

–Te dije que no tenía experiencia –Agatha se encogió de hombros–. ¿Eso tiene alguna importancia?

La tenía, lo veía en sus ojos. Sus padres nunca habían sido excesivamente estrictos, pero Agatha había crecido con unos valores morales. No había sido su intención llegar virgen al matrimonio, pero sí estaba esperando a alguien que le importase de verdad.

Era mala suerte que hubiera elegido a un hombre a quien no le importaba en absoluto. De hecho, su virginidad era una molestia para Luc.

–¡Pues claro que tiene importancia! –dijo él entonces, confirmando sus sospechas–. ¿No vas a decir nada? Ni siquiera hemos usado preservativo.

Agatha apretó los labios. Ni siquiera se había acordado de eso. Estaba tan enfebrecida de pasión que no se le había ocurrido pensar en las consecuencias.

–No te preocupes.

¿Qué no se preocupase? ¿Cómo no iba a preocuparse? Se había acostado con ella porque la había pillado en un momento vulnerable...

–Siempre uso preservativo, pero la verdad es que esto me ha pillado por sorpresa.

–No hay ningún riesgo de que quede embarazada –después de un rápido cálculo mental, Agatha decidió que no había ninguna posibilidad–. Así que no debes preocuparte por eso, pero me gustaría que te fueras.

Debería levantarse de la cama, pero su ropa estaba

en el suelo y mostrarse desnuda en aquel momento era más de lo que podía soportar.

—No te creo.

—¿Cómo?

—¿Por qué has decidido entregarme tu virginidad?

—¡Yo no había decidido nada! Ha ocurrido, sencillamente. Estaba muy disgustada por lo de Stewart y la verdad... no sé cómo ha pasado —nada la había preparado para lidiar con una situación así y su honesta naturaleza le pedía que dijese la verdad, pero el instinto de supervivencia era más fuerte—. Me he acostado contigo porque... porque estabas aquí y necesitaba consuelo.

—¿Quieres decir que te has acostado conmigo porque estaba a mano, sencillamente?

—Pues... la verdad es que no lo sé.

—O sea, que me has utilizado.

—¡Claro que no! ¿Por qué dices eso? —exclamó Agatha, horrorizada—. La gente no piensa con claridad cuando está disgustada y yo estaba disgustada.

—¡Pero si apenas conocías a Dexter! —protestó Luc.

Después de las sensaciones que había experimentado haciendo el amor con ella, Luc estaba volviendo a la tierra a más velocidad de la deseada ¿Desde cuándo era el equivalente a una botella de alcohol en la que ahogar las penas? Si Agatha se tapaba un poco más con la maldita colcha, estaría en peligro inminente de que la estrangulase.

—Eso es verdad —tuvo que asentir ella con voz temblorosa—. Pero aun así... no sé cómo ha pasado. Yo no soy la clase de chica que se acuesta con cualquier hombre.

–¿Tan disgustada estabas por una relación rota con un imbécil al que habías visto tres veces que decidiste lanzarte de cabeza? –se burló él–. Bueno, al menos no tendremos que preocuparnos por las consecuencias.

El corazón de Agatha dio un vuelco cuando se levantó de la cama y empezó a buscar su ropa en el suelo. No dejaba de mirarlo mientras se movía por la habitación, admirando su magnífico cuerpo desnudo e intentando contener el remordimiento que empezaba a comerse sus buenas intenciones.

Lo más importante en aquel momento era no dejarse llevar por aquel absurdo encandilamiento juvenil porque eso podría ser su perdición. No podía enamorarse de él. Aunque no lo haría porque no tenían nada que ver el uno con el otro y porque Luc era la clase de hombre sobre el que prevenían las madres.

Salvo su madre, claro, que lo adoraba por su devoción a Danielle y por lo trabajador que era.

Luc, en calzoncillos, se colocó delante de la cama y plantó las manos a cada lado de su cara. No era así como debería haber terminado la noche y lo molestaba sobremanera que Agatha siguiera echándose la culpa mientras, perversamente, lograba parecer la parte herida.

Y tampoco le gustaba nada que su cuerpo le estuviera diciendo que lo que quería de verdad era volver a la cama con ella. ¿Qué estaba pasando allí?

–Lo siento –se disculpó Agatha.

–Ahórrate las disculpas. Estábamos hablando de las consecuencias... pero al menos, no las habrá –Luc miró sus labios y el nacimiento de sus pechos, que no había logrado ocultar con la colcha. A punto de perder el control de nuevo, tuvo que apartar la mirada de tan cautivadora imagen–. Lo último que necesitaría ahora mismo es que quedases embarazada por un simple encuentro casual.

–Es horrible que digas eso –se quejó Agatha, con lágrimas en los ojos.

–¿Por qué?

–Porque hace que me sienta... fatal.

–Acabas de decir que me has utilizado para ahogar las penas, así que deja de hacerte la víctima.

–Lo siento mucho si te has sentido insultado. No quería hacerte daño.

–¿Hacerme daño? ¿Por qué crees que puedes hacérmelo?

Aunque el sentido común le decía que era hora de marcharse, marcharse no parecía tan fácil.

–Y no estaba usándote para ahogar las penas, no soy esa clase de persona. Además, no entiendo por qué te preocupa cuál haya sido la razón. No es que tú tengas precisamente grandes prejuicios cuando se trata de acostarte con una mujer.

Enfadado, Luc la miró mientras se ponía el pantalón.

–No puedo creer que esté escuchando esto.

Agatha se sentó en la cama, sujetando la colcha con las dos manos.

–Tú dices lo que piensas y yo también.

–¿Quieres explicarme qué has querido decir con eso?

Ella no quería explicar nada. De hecho, no le apetecía seguir hablando. Sólo quería pensar en la horrible verdad: que Luc la veía como un encuentro casual que, afortunadamente, no tendría consecuencias.

–Yo me encargo de comprar los regalos para las chicas que ya no te interesan –le espetó–. Así que no pareces tener ningún problema en utilizar a las mujeres.

–Entre esas mujeres y yo hay un entendimiento mutuo.

–Muy bien, como quieras. No me apetece seguir discutiendo.

–Desde el principio les dejo claro que no quiero una relación seria –siguió él.

–Pues no entiendo cómo puedes hacer eso.

–No todas las mujeres mantienen relaciones sexuales con el único objetivo de casarse –replicó Luc, con los dientes apretados.

–No, ya lo sé –asintió Agatha. Aunque le gustaría decirle que estaba equivocado.

–Eres la mujer más frustrante que he conocido nunca.

–Porque no estás acostumbrado a que las mujeres tengan una opinión.

–¿Cómo que no? En mi empresa hay montones de mujeres en puestos importantes. Ya no vivimos en la Edad Media, Agatha. Las mujeres tienen opiniones y yo las valoro como valoro las de los hombres.

–¡Pero no las de las mujeres con las que te acuestas! –replicó ella.

¿Era su imaginación o había un brillo de compasión en sus ojos azules? ¿Sentía compasión por él? ¿No debería ser al contrario?

–No lo entiendo –siguió ella–. Tú lo tienes todo...

tienes éxito, la vida te va bien. Sé que lo pasaste mal cuando perdisteis vuestra fortuna pero, al final, conseguiste recuperarla. Hiciste lo que tenías que hacer y Danielle ha recuperado la casa en la que había vivido siempre...

—¿Qué tiene eso que ver?

—Que si todo te va bien, no entiendo por qué nunca has querido sentar la cabeza. Sé que tu madre está preocupada por ti.

Luc se quedó sin habla. Aquella mujer era de otro planeta. En una hora, no sólo había metido el pie en un terreno que nadie se había atrevido a pisar antes, sino que se había lanzado de cabeza.

—No me apetece casarme –dijo Luc, intentando recuperar el control de una conversación que lo sacaba de quicio–. Así que ya puedes ir contándoselo a mi madre.

No estaba enfadado, estaba perplejo.

—Yo no voy a contarle nada –dijo Agatha.

—Mira, creo que es el momento de marcharme. Tienes razón, esto ha sido un error y es hora de seguir adelante.

—Sé que éste no es el mejor momento para sacar el tema... –empezó a decir ella– pero mañana no iré a la oficina.

—¿Qué?

—En vista de lo que ha pasado, he decidido dejar mi puesto. Puedo enviarte una carta de renuncia, si quieres.

Lamentaba profundamente no volver a verlo, ¿pero qué otra cosa podía hacer? Había tantas posibilidades de que su relación cambiara por completo después de aquella noche... que aquella bonita experiencia se convirtiera en algo lamentable para él, que su papel en la vida de Luc quedase reducido a un simple revolcón de una noche, que se viera obligada a ver como otras mujeres entraban y salían de su vida, que Luc sólo pudiese mirarla con desdén o con compasión... cada una de esas posibilidades le parecía peor que la anterior.

—No voy a dejar que te vayas —dijo Luc.

No pensaba tener problemas en su vida privada. Sí, salía con muchas mujeres y entendía que su madre estuviera alarmada, pero esas chicas no lo estresaban. Aquella situación sí lo estresaba.

Agatha no tenía que decir en voz alta que había sido un error. Ella no era la clase de chica que se metía en la cama con cualquiera, eso estaba claro. Y referirse a ella como un simple encuentro casual había sido una grosería por su parte, tuvo que admitir, pero no iba a pedirle perdón.

Y tampoco iba a dejar que tomase el camino más fácil.

—No creo que tú tengas nada que decir —protestó Agatha.

—Tienes que avisar con quince días de antelación. Y lo que ha pasado esta noche no tiene nada que ver con el trabajo.

—Pero...

—No se puede despedir a nadie sin tener una buena razón y lo que ha ocurrido entre nosotros no entra en el terreno de lo laboral.

—Pero va a ser muy incómodo —insistió ella. Estaba

sudando bajo la colcha y sentía como si su cuerpo fuera empujado hacia él por una fuerza invisible.

–Pensé que lo que ha ocurrido esta noche era un simple error que íbamos a olvidar.

–Sí, claro –asintió Agatha.

Él ya se había olvidado del asunto y lo estaba tratando como el hombre de mundo que era. Mientras ella se agarraba a la colcha con un nudo en el estómago, recordando eso del «encuentro casual». ¿Cómo iba a seguir trabajando para él? Era absurdo, imposible. Pero tal vez en dos semanas estaría comprando algún regalo para otra de sus amigas...

–¿Entonces cuál es el problema?

–Ningún problema.

–No creas que yo voy a quedar como el malo si decides dejar la empresa. Cuando te marches, tendrás que explicarle a tu madre que has dejado el trabajo porque era demasiado para ti. Volverás a Yorkshire sin dinero y no será mi problema. No pienso aceptar la responsabilidad de una decisión que has tomado tú sola.

–No, claro que tú –asintió Agatha.

Su madre se llevaría un disgusto. En Yorkshire no había trabajo para ella y que no se hubiera quedado en la empresa de Luc durante al menos un año sería para ella una muestra de ingratitud. Podría decirle que no le gustaba el trabajo o que Luc era un tirano... pero Edith no lo creería porque lo había elevado a la categoría de santo por cómo había cuidado de su madre durante el escándalo de la estafa. No, pensaría que ella había dejado pasar una buena oportunidad por no esforzarse.

–Podría buscar otro trabajo en Londres.

–¿Haciendo qué? No puedo darte buenas referencias porque apenas llevas unos meses en la compañía. Además, has demostrado que no tienes motivación ni entusiasmo por el trabajo y que no te gusta la oficina –dijo Luc, sorprendido consigo mismo. ¿No debería alegrarse de que se fuera?

–En otras palabras, que no piensas ayudarme a buscar trabajo porque nos hemos acostado juntos y porque no soy una de esas mujeres a las que les parece normal acostarse con alguien sólo por diversión.

–¿De verdad crees que soy tan mezquino como para eso?

Un hombre como Luc, un predador que tomaba lo que quería de la vida, no iba a tener paciencia con sus inseguridades y sus dudas, pensó Agatha. A saber con cuántas mujeres se habría acostado... y no tenía el menor escrúpulo en despedirse cuando se cansaba de ellas.

¿Cómo podía haber olvidado sus valores y sus principios para acostarse con él cuando sabía cómo trataba a las mujeres? ¿Cómo podía haber sido tan tonta como para pensar que sus sueños se convertirían en realidad?

Había hecho muchos castillos en la arena y la culpa era suya por ser tan ingenua.

–Tienes que empezar a hacerte preguntas, Agatha –dijo Luc entonces–. Puede que creas que te has acostado conmigo en un momento de locura temporal, pero cuando me miras yo veo algo muy diferente.

–No te entiendo –murmuró ella.

–Me deseabas. ¿Por qué no eres sincera contigo

misma y lo admites de una vez? No nos hemos acostado juntos por error, nos hemos acostado juntos porque tú querías hacerlo. Y yo también, eso está claro.

Agatha lo miró, en silencio, preguntándose si creería que estaba jugando con él.

—Verás...

—Ninguna mujer se lanza sobre un hombre como lo has hecho tú sólo porque esté triste y necesite un poco de compañía —siguió Luc.

—¡Yo no me he lanzado sobre ti!

—Puede que tú quieras darle mil vueltas a esto, pero al menos yo soy sincero. Si sólo hubieras querido una palmadita en la espalda y un hombro sobre el que llorar, me habrías dado una bofetada cuando te besé. Pero no lo hiciste, de hecho...

—¡No! —lo interrumpió ella, angustiada.

Luc se encogió de hombros.

—¿No sabes que tienes deseos y necesidades como todos los seres humanos?

Estaba obligándola a enfrentarse con su sexualidad, echándole en cara todos sus gemidos, sus suspiros de placer.

Qué tediosa debía haberla encontrado, acostumbrado como estaba a mujeres que sabían lo que hacían en la cama.

—Sé que tengo necesidades —admitió Agatha. Y la asustaba lo poderosas que eran.

—Ah, por fin llegamos a algún sitio —dijo él, sarcástico.

—Y es maravilloso, además. Tienes razón, es absurdo buscar excusas. Me he acostado contigo porque quería hacerlo.

Muchas mujeres le habían dicho que lo deseaban. Y lo había excitado que, en el calor de la pasión, lo dijese Agatha. Pero le gustaba más escucharlo en aquel momento.

Había algo increíblemente sexy en saber que le había entregado su virginidad. Era como si Agatha y sólo Agatha fuera capaz de sacar de él un instinto primitivo que ni siquiera creía poseer.

Y aunque no estaba acostumbrado a esperar por una mujer, podría hacer una excepción en su caso porque cuando pensaba en sus pechos, en sus rosados pezones y en las voluptuosas curvas de su cuerpo, perdía el control por completo.

–¿Lo ves? No ha sido tan difícil. Me alegro de que por fin te enfrentes a la realidad.

Agatha sintió una oleada de resentimiento que no pudo contener.

–Si puedo sentir lo que he sentido contigo, no me imaginó cómo será el día que haga el amor con un hombre que signifique algo para mí. Así que tú ganas, Luc, no lamento haber hecho el amor contigo. Y tampoco me siento avergonzada. Sé que mi virginidad ha debido de ser un aburrimiento para ti y sé que a los hombres les gustan las mujeres con experiencia. Pero tiene que haber un hombre para mí en alguna parte y ahora estoy segura de que algún día lo encontraré.

Capítulo 5

AGATHA no era tan tonta como para pensar que el resto de la noche pondría las cosas en perspectiva de manera milagrosa. O que, de repente, se enfrentaría con el nuevo día llena de optimismo; de vuelta en el trabajo después de lo que había ocurrido el domingo.

Ninguna de las charlas que se había dado a sí misma pudo evitar que se le hiciera un nudo en el estómago mientras esperaba el ascensor que la llevaría a su diminuto despacho.

Había pensado invernar en ese despacho, no salir de allí hasta que pasaran los quince días... pero entonces habría dejado que ese episodio con Luc dictase su comportamiento y no quería que así fuera. Llevaba demasiados años haciéndose ilusiones y creando absurdas fantasías y no pensaba dejar que dirigieran su vida.

Y tampoco iba a vestir como una refugiada. Había tenido que admitir, a regañadientes, que algo bueno había salido de su encuentro con Luc: ya no se avergonzaba de su cuerpo. Había visto un brillo de genuina admiración en sus ojos cuando la miraba y, por primera vez en su vida, sus curvas no eran motivo de vergüenza. Había disfrutado de la atención que provocaban y, milagrosamente, esa sensación se había quedado con ella.

De modo que, en lugar de una falda larga y un jersey ancho, aquel día se había puesto lo único decente que tenía en el armario: una falda lápiz negra y un jersey de manga larga que se ajustaba a su figura. El pañuelo con estampado de cachemira, regalo de su madre cuando se mudó a Londres y que había sacado de la caja por primera vez, le daba un toque de color al atuendo.

Mientras se dirigía a su diminuta oficina, sabía que estaba llamando la atención porque sentía los ojos de sus compañeros clavados en ella. Y, con una espontaneidad que no creía poseer, Agatha incluso se había vuelto para tirarle un beso a Adrian cuando lanzó un silbido al verla pasar.

Más que nunca, desearía estar trabajando en el corazón de la oficina, donde el sonido de los teléfonos y la charla de los empleados podrían distraerla de sus pensamientos.

Su despacho, al final de un largo pasillo, podía ser un paraíso de soledad o una celda de aislamiento y Agatha se preguntó si el director de personal la habría metido allí porque, con su limitada experiencia, no podía competir con sus compañeros, que tenían títulos universitarios y capacidad para usar cualquier programa informático.

Cuando llegó le habían dicho que, como iba a trabajar más o menos directamente con Luc y tal vez tendrían que pasarle documentos de naturaleza confidencial, necesitaba un sitio más privado. Tal vez comprar regalos para sus novias era considerado material confidencial, pensó, irónica.

Agatha colgó su abrigo en el perchero y sólo al darse la vuelta descubrió que había otra persona allí. Luc, apoyado en el escritorio, con los brazos cruzados.

No se habría sorprendido más si hubiera visto un extraterrestre sentado frente a su ordenador. Por supuesto, sabía que lo vería tarde o temprano, pero no cuando apenas había tenido tiempo de recuperar la calma.

–¿Qué haces aquí?

–Ésta es mi empresa, ¿no? Tengo derecho a estar aquí.

–Sí, pero...

–Pero la vida sería más fácil para ti si yo no hubiera venido, ¿es eso?

Agatha no dijo nada porque era la verdad. Y no sabía si su absurda adicción a Luc la habría hecho buscarlo con algún pretexto. No era fácil romper con las malas costumbres.

Él la miraba intentando disimular su admiración. El conjunto que llevaba era el que llevaría una mujer proclamando una nueva sexualidad. Una mujer cuya sexualidad *él* había despertado. Y tal vez dispuesta a buscar otro hombre.

Pero Luc no quería eso. Y tampoco quería que su trabajo sufriera porque no podía quitársela de la cabeza. El día anterior había hecho lo impensable poniendo en peligro un contrato porque no era capaz de concentrarse y eso no podía volver a ocurrir.

Agatha era algo que había dejado a medias y era una situación que tenía que solucionar como fuera. Todas las situaciones tenían una solución y, en aquel caso, la solución era volver a acostarse con ella. Lo supiera Agatha o no, sería lo mejor para los dos porque, si ella era un asunto sin acabar para él, él lo era también para ella. Hasta que lo hubieran solucionado, Agatha entorpecería su trabajo y él entorpecería el suyo. Y sí, tendría que infringir todas sus reglas porque estaba acostumbrado a salirse con la suya y no parecía haber otro remedio.

–No creas que vas a poder estar de brazos cruzados porque quieres irte de la empresa.

–¿Quién ha dicho que voy a estar de brazos cruzados?

–¿Ah, no? Entonces explícame ese atuendo. No sé si es apropiado para venir a la oficina...

–Llevo lo mismo que llevan la mayoría de las chicas –se defendió Agatha, tirando un poco de la falda, que le quedaba por encima de la rodilla–. Y tú mismo dijiste que no podía seguir llevando ropa ancha.

Luc debía admitir que era verdad pero, por alguna razón, lo irritaba que todos los hombres la mirasen. ¿De verdad esperaba pasar desapercibida cada vez que saliera de su despacho? Claro que no. Pero, por supuesto, ésa era su intención.

–La cuestión es que me encuentro en una posición extraña –le dijo, mirándola como su fuera un tiburón vigilando a su presa–. Tengo por norma no mantener relaciones con mis empleadas y ahora me doy cuenta de que infringir las normas tiene consecuencias.

–¿Qué quieres decir?

–He abierto una puerta que tú podrías utilizar si decidieras vengarte de mí por lo que pasó anoche. Aunque fueras tú quien instigó la situación...

–¿Qué estás diciendo? –exclamó Agatha–. ¿Por qué iba a vengarme? ¿Por qué tienes que pensar siempre lo peor de los demás?

–Yo tengo que lidiar con la realidad todos los días y te aseguro que no sería nada nuevo. A mí me da lo mismo, pero no quiero disgustar a mi madre.

–¿De verdad crees que yo querría hacerte daño?

–No lo sé –Luc se encogió de hombros–. Nunca pensé que fueras la clase de chica que se acostaba con un hombre y luego decidía usar eso como trampolín.

Agatha sintió que le ardía la cara. Lamentaba amargamente haberse despedido como lo hizo y casi podía entender que pensara mal de ella.

–Que haya decidido ponerme ropa normal para venir a la oficina no significa que vaya a poner los pies en la mesa y dedicarme a leer revistas.

Luc notó que no se había defendido de la acusación y eso lo enfureció, pero intentó disimular.

–Y tampoco quiero que le cuentes a nadie lo que ha ocurrido entre nosotros.

–No voy a contárselo a nadie. Y en caso de que no me creas, vamos a hacer un trato: yo no se lo contaré a nadie y tú tampoco.

–Yo no hago tratos –replicó él–. Por otro lado, quiero vigilarte.

–¿Vigilarme por qué? –repitió Agatha, que no entendía aquella conversación.

–Tu tiempo en esta planta ha terminado. Durante los quince días que te quedan estarás en mi planta, delante de mi despacho, donde pueda comprobar que no andas cotilleando con nadie.

Ella lo miró, perpleja.

–No puedes decirlo en serio.

–No he dicho nada más en serio en toda mi vida. Tengo una reputación que proteger y quiero asegurarme de que tú no la dañas.

–Todo el mundo sabe que eres un mujeriego. No sé a qué reputación te refieres –dijo Agatha, molesta.

–No me importa que sepan que salgo con muchas mujeres. Pero nadie debe saber que estoy tan loco como para haberme acostado con una empleada.

Sólo él era capaz de entender la importancia de esa decisión: que por primera vez en su vida estaba dispuesto a mantener relaciones con una empleada.

«Pero nadie debe saber que estoy tan loco como para haberme acostado con una empleada».

Agatha sólo recordaba esa frase. Le gustaría decir que ella había sido la loca por echarse en sus brazos como si toda su vida hubiera llevado a aquel momento. Pero, sabiendo cómo pensaba, decidió borrarlo de su mente para siempre.

–Tú ya tienes una secretaria. ¿Qué voy a hacer yo en tu despacho?

–Helen ha sido abuela por segunda vez y le vendría bien tomarse unas semanas de descanso –respondió Luc–. Había pensado contratar una secretaria temporal, pero yo creo que ésta es una solución más satisfactoria.

Y una que se le había ocurrido en el último momento. En realidad, tenía que admirar su creatividad cuando se trataba de infringir las reglas para inventar reglas nuevas.

–Yo no estoy cualificada para hacer el trabajo de Helen. No sabría por dónde empezar.

Agatha se agarraba a eso con la tenacidad de alguien agarrándose a un salvavidas, pero en su corazón sabía que no había muchas esperanzas.

–Durante los próximos días, Helen te dirá lo que tienes que hacer y, si se trata de algo demasiado complicado, me encargaré yo mismo.

–¿El trabajo incluye comprar regalos para tus novias? –se atrevió a preguntar Agatha.

Cuando Luc dio un paso adelante, ella dio un paso atrás instintivamente.

–¿Eso te molestaría? ¿Por qué, tienes celos?

–¡No!

Luc esbozó una sonrisa.

–No te preocupes, no tendrás que hacerlo.

¿Significaba eso que seguiría haciendo su vida de siempre, aunque evitando que ella tuviera que comprar regalos, reservar mesa en restaurantes o comprarle entradas para la ópera?

–Mira el lado bueno del asunto –siguió él–. Si decides buscar trabajo en otra oficina después de esto, al menos habrás adquirido ciertos conocimientos y podré darte buenas referencias. Trabaja para mí, esfuérzate y podrás encontrar trabajo en cuanto salgas del edificio. Como verás, te estoy haciendo un favor.

–Tus favores nunca parecen favores –dijo Agatha.

La atracción mutua, el breve juego de la persecución y la captura antes de la gratificación. Eso era lo que Luc había hecho siempre con las mujeres. Y era lo bastante cínico como para saber que todas lo creían un buen partido, tal vez uno de los mejores del país.

Pero Agatha lo había puesto todo patas arriba.

¿Era por eso por lo que estaba decidido a acostarse con ella de nuevo, costase lo que costase y a expensas de su famoso autocontrol?

Luc intentó controlarse en aquel momento para fingir que nada de aquello tenía importancia.

–Baja a la planta principal cuando hayas recogido tus cosas. Yo estaré fuera todo el día, pero Helen te dirá lo que tienes que hacer.

Al menos haría un trabajo de verdad, pensó Agatha. Y Luc tenía razón: si era capaz de adquirir cierta experiencia profesional y él le daba buenas referencias, sería fácil encontrar trabajo en otro sitio. Y, además, dejaría de sentirse culpable por tener un trabajo que había conseguido por enchufe.

Como debería haber esperado, Luc veía el asunto de manera pragmática. Mientras ella no había podido pensar en otra cosa durante todo el fin de semana, él había elaborado un plan que protegería su intimidad y preservaría su conciencia.

El despacho de Helen era precioso, todo de cristal y cromo, con una puerta que daba al de Luc, más grande y aún más lujoso. Mientras la secretaria le contaba cuál sería su trabajo, Agatha pensó que tal vez viendo a Luc todos los días lograría olvidar su fascinación por él.

Y eso era algo que deseaba con todas sus fuerzas.

Durante la siguiente semana y media todo parecía ir más o menos bien... por decir algo. Luc trabajando era increíble. Por temprano que llegase a la oficina, él ya estaba allí y no paraba en todo el día.

Incluso con los pies sobre la mesa y la corbata torcida, su mente funcionaba a tal velocidad que Agatha apenas podía respirar.

–¿Lo tienes?

Agatha se levantó, asintiendo con la cabeza. Pero Luc la miraba con una expresión tan intensa que se le erizó el vello de la nuca. Durante la última semana y media, la había tratado con frialdad. Ahora, mientras el reloj marcaba la hora del almuerzo, por fin estaba mirándola a los ojos y el nerviosismo que apenas había podido contener hasta entonces salió a la superficie.

–Parece que estabas escondida –empezó a decir, poniéndose las manos en la nuca.

–No te entiendo.

–Para ser alguien que adora estar al aire libre y que odia todo lo relacionado con las oficinas, lo estás haciendo muy bien.

El corazón de Agatha hizo eso que hacía siempre y que parecía dejarla con la mente en blanco. ¿Se habría engañado a sí misma pensando que ya no sentía nada por Luc sólo porque había sido capaz de trabajar con él esos días?

La idea de estar como al principio fue como un puñetazo en el estómago. A pesar de sus buenas intenciones, nada había cambiado. Ella esperaba odiarlo, despreciarlo, pero no había sido así. Al contrario.

–No me ha quedado más remedio, ¿no? Además, la verdad es que estoy disfrutando del trabajo. Es mucho más interesante que lo que hacía antes.

–No es culpa mía –dijo Luc–. No tenías experiencia cuando llegaste aquí, pero tampoco mostrabas interés alguno en el trabajo. ¿Cómo iba a saber que aprendías tan rápido?

El cumplido, aunque dudoso, hizo que Agatha se pusiera colorada.

–He tenido varias secretarias durante estos últimos años –siguió Luc– y ninguna de ellas era tan eficaz como tú. De hecho, varias de ellas se derrumbaron en cuanto las cosas se pusieron difíciles.

Agatha podía creerlo. Al menos, ella conocía la naturaleza de la bestia y se había adaptado. Luc era brillante, trabajador, rápido, impaciente con los errores y nunca esperaba tener que explicar las cosas más de una vez.

–Pobrecillas –murmuró, imaginando una procesión de chicas llorosas.

–¿Pobrecillas? Yo soy el jefe más considerado que conozco.

–¿Ah, sí?

–Y tú pareces estar llevándolo muy bien –Luc hizo una pausa–. ¿Crees que podría tener algo que ver con nuestra especial relación? –le preguntó, clavando sus ojos en los rizos que escapaban de su coleta.

Trabajar con ella era un reto continuo para su libido. Pero había descubierto que Agatha era una eficiente secretaria, mucho más inteligente y rápida de lo que había pensado. Era una lástima que perdiera su tiempo en invernaderos, pero le hablaría de la posibilidad de seguir trabajando en alguna de sus empresas más adelante.

Por el momento, estaba frustrado por un deseo que no tenía nada que ver con el trabajo. Incluso cuando ella no estaba en la oficina, seguía teniendo problemas de concentración.

Ser paciente no estaba en su naturaleza y sabía que necesitaba llegar a una conclusión lo antes posible.

—No tenemos una relación especial —respondió Agatha por fin.

—Nos hemos acostado juntos —le recordó él—. No me digas que ya lo has olvidado.

—No, claro que no.

—Pues yo diría que eso constituye una relación especial... —Luc se echó hacia delante, con las manos sobre el escritorio, al ver que Agatha se ponía colorada hasta la raíz del pelo—. Te pido disculpas. Hablar de sexo en la oficina es totalmente inapropiado. Pero lo que sí es apropiado es invitarte a comer. Te lo mereces, además. Sé que no siempre es fácil trabajar conmigo.

—Es muy amable por tu parte, pero tengo muchas cosas que hacer a la hora de la comida.

Luc frunció el ceño.

—¿Qué tienes que hacer? Yo soy el jefe y te doy permiso para tomarte un par de horas libres.

—En realidad, no tiene nada que ver con el trabajo.

—Pero imagino que tendrás que comer, como todo el mundo.

—He traído unos sándwiches y... tengo que mandar unos correos, si no te importa. Cosas personales.

—¿Puedo preguntar qué cosas son ésas?

—Le he dicho a mi madre que seguramente me iría de la empresa y está un poco preocupada.

—Ah, muy bien. Tal vez otro día entonces.

–Tal vez... –Agatha se aclaró la garganta–. ¿Eso es todo?

Luc no había sido despedido de esa forma en toda su vida. Daba la impresión de ser una chica ingenua y sin personalidad, pero Agatha era dura como una piedra, pensó. ¿Qué correo podía ser más urgente que comer con él?

–No volveré por la tarde –le dijo, sin poder disimular su frustración–. Tengo reuniones hasta las seis y espero que ese informe que te he encargado esté listo para entonces. Si no, tendrás que quedarte a trabajar hasta que esté terminado. El departamento jurídico lo necesita a primera hora de la mañana.

–Sí, claro –Agatha se levantó–. ¿Quieres algo más?

–Ésa es una pregunta que da lugar a muchas respuestas. ¿Qué tenías en mente?

Luc disfrutó al ver que, de nuevo, se ponía colorada. Y notó también que respiraba agitadamente. Por mucho que quisiera disimular, seguía siendo tan prisionera de esa explosiva noche como lo era él.

–Nos vemos mañana –dijo Luc por fin, saliendo del despacho.

Agatha suspiró, aliviada. ¿A qué estaba jugando con esas referencias sexuales? ¿Le divertía desconcertarla?

Con repentina determinación, y algunas miradas furtivas alrededor, en caso de que las paredes oyeran de verdad, pasó los siguientes quince minutos buscando agencias de contactos en Internet. No le hacía mucha ilusión pero, aparentemente, era la manera más fácil de conocer a alguien. ¿Y qué había de malo en ello?

En realidad, no tenía muchas esperanzas de encontrar así al hombre de su vida, pero tal vez podría conocer gente interesante. Había decidido no volver a Yorkshire y buscar trabajo en Londres, de modo que sería buena idea empezar a formar un círculo de amistades.

No iba a convertirse en su peor enemiga dejando que su debacle con Stewart la pusiera a la defensiva constantemente. Y tampoco se convertiría en una reclusa que dedicaba todos sus pensamientos a Luc. No, necesitaba una distracción.

De modo que se registró en una de las páginas de contactos más conocidas y luego, de mejor humor, subió a la cafetería, cambiando los aburridos sándwiches que había llevado de casa por unos espaguetis a la boloñesa seguidos de un pastel de chocolate y una charla agradable con sus compañeros.

Era absurdo que Luc temiera que le contase a alguien lo que había ocurrido entre ellos. Convertirse en objeto de cotilleos era lo último que Agatha haría en su vida.

Cuatro horas más tarde, salía del impresionante edificio de cristal cuando Luc se puso en su camino. Y no parecía de buen humor.

—Ah, hola, no te había visto. He terminado el informe que me pediste. Está sobre tu escritorio.

—¿Lo has pasado bien a la hora del almuerzo?

—¿Perdona?

Luc sacudió la cabeza.

—¿Cómo piensas volver a la pensión?

—En el metro —respondió Agatha.

Luc alargó una mano y, milagrosamente, un taxi se detuvo frente a ellos.

—No puedo pagar un taxi...

—Sube, Agatha.

—¿Te encuentras bien? No tienes buen aspecto.

Luc no confiaba en su voz y ésa era una experiencia nueva para él, de modo que esperó hasta que Agatha subió al taxi y se sentó a su lado para darle las indicaciones al conductor.

Ella empezó a hacerle una lista de las llamadas que había recibido y de los progresos que ella había hecho con una empresa editorial en la que Luc estaba interesado. La empresa había despertado su interés porque estaba especializada en libros de jardinería. Nerviosa, y temiendo pasar en silencio el resto del viaje, empezó a hablar sobre sus ideas para rejuvenecer la compañía.

—¿Qué te pasa? —le preguntó por fin, al verlo tan serio—. ¿Por qué insistes en acompañarme a la pensión? Voy y vengo sola todos los días. No necesito que hagas de niñera, ya te lo he dicho.

—Dime qué más cosas has hecho hoy, aparte de hablar con clientes.

Agatha empezó a sudar. Y estaba claro que iba a verse obligada a responder porque Luc bajó del taxi con ella cuando llegaron a la pensión.

—¿Qué quieres saber? —le preguntó, una vez en su habitación. Aunque no era justo que estuviera allí, su presencia haciendo que todo pareciese diminuto, irrelevante, cuando lo que Agatha quería era olvidarse de él.

—Dímelo tú.

–No me he comido los sándwiches que había llevado. Bajé a la cafetería... y antes de que lo preguntes, no le he contado absolutamente nada a nadie. Yo no haría eso.

–Volví a la oficina poco después de irme –empezó a decir Luc–. Había olvidado unos papeles.

–¿Y?

Luc se acercó a la ventana, pensando no por primera vez que debería haber denunciado al propietario de la pensión. Cuando se volvió, vio que Agatha seguía en el mismo sitio, al lado de la puerta, aunque se había quitado el abrigo para dejarlo sobre el sofá.

–Habías dejado tu ordenador encendido.

–¿Y qué?

–Si te gusta entrar en páginas de contactos, yo diría que es buena idea apagar el ordenador para que no lo sepa nadie.

Agatha tardó unos segundos en entender.

–¿Has estado espiando en mi ordenador? –exclamó.

Luc tuvo la cortesía de enrojecer ligeramente, pero no estaba dispuesto a disculparse.

–Quería comprobar cómo iba ese informe para el departamento jurídico. Y no olvides que ese ordenador pertenece a la empresa y, por lo tanto, a mí.

Ella suspiró, agotada con el juego.

–Era la hora de comer, de modo que no estaba haciendo nada malo. Además, conocer gente por Internet es lo que hace todo el mundo últimamente.

–Últimamente todo el mundo parece querer meterse en líos –replicó Luc, furioso consigo mismo.

Mientras él esperaba el momento adecuado, Agatha se había dedicado a buscar hombres en Internet. Debería haber obedecido a sus instintos, siempre le había funcionado en el pasado.

Aquella mujer era un desafío, pensó. Si sospechara que estaba jugando con él, se marcharía sin ningún problema. Si de verdad no estuviera interesada en él, se encogería de hombros y pensaría que era una experiencia más en la vida. Pero, contra todo pronóstico, Agatha quería alejarse de él a pesar de estar interesada. Y eso lo volvía loco... aunque no tanto como cuando vio la página de contactos.

En realidad, Agatha sabía que conocer hombres por Internet no era lo suyo. De hecho, a medida que transcurría la tarde, su optimismo por conocer gente en la red se había enfriado por completo. Y cuando se encontró con Luc en la puerta del edificio llegó a la conclusión de que debía de estar sufriendo una especie de locura temporal para haber pensado que era buena idea.

Pero no iba a decírselo.

–Las agencias de contacto por Internet tienen mucho éxito.

–¿Ah, sí? ¿Eso es lo que esperabas, encontrar novio en Internet?

–La verdad, había pensado que podría conocer gente antes de empezar a buscar trabajo en otra oficina. Pero no veo por qué es asunto tuyo.

«Un hombre nuevo, alguien encantador que me ayude a olvidarme de ti».

El silencio se alargó y Agatha no sabía qué hacer.

–No quiero que conozcas a nadie –dijo Luc por fin.

Ella lo miró, sorprendida.

–¿No quieres que conozca a nadie? ¿Por qué, estás celoso?

La sensación de vacío que experimentaba fue reemplazada por una enorme alegría... que duró poco porque Luc la miró con gesto de incredulidad.

–¿Celoso? –repitió–. Yo no he estado celoso en toda mi vida.

Pero pensar en ella con otro hombre hacía que lo viera todo rojo. Lo aceptaba porque él era un hombre posesivo y no había nada malo en eso. ¿Pero celoso? No, en absoluto.

–¿Sigues pensando que debes cuidar de mí porque podría conocer a otro canalla como Stewart Dexter?

Luc negó con la cabeza.

–No quiero que salgas con nadie, Agatha. Tú y yo hemos dejado algo sin terminar y no vamos a fingir que no ha pasado. Ha pasado y volverá a pasar porque eso es lo que los dos queremos.

Capítulo 6

AGATHA estaba como hipnotizada por la convicción que había en su voz.

–Te equivocas... –protestó débilmente.

–Pero cuando hagamos el amor –siguió él, como si no la hubiera oído– quiero que estemos cómodos, así que iremos a mi casa.

–¡Eso es absurdo!

–En mi casa hay una cama grande –Luc se dirigió al dormitorio y empezó a buscar una bolsa de viaje–. Y un cuarto de baño con todo lo que puedas necesitar. Las mejores alfombras, un frigorífico que funciona, una televisión de plasma... aunque no voy a dejar que te pases todo el día...

–¿Qué estás haciendo? –lo interrumpió Agatha cuando empezó a abrir cajones–. ¡Cierra ese cajón ahora mismo!

Luc sacó varias camisetas que, después de revisar, volvió a meter en el cajón.

–¿Las usas para dormir? No importa, no te harán falta.

–¡No puedes hacer eso!

–¿Vas a decirme que no quieres hacer el amor conmigo durante horas? ¿No quieres que te toque donde te gusta que lo haga?

Agatha cerró los ojos, intentando no imaginar todas esas cosas.

—No, tal vez... ¡no lo sé!

—No importa, yo sí lo sé. Y deja de preocuparte —Luc tomó su cara entre las manos y luego, despacio, inclinó la cabeza. Al no encontrar resistencia, pensó que tal vez eso era lo que debería haber hecho desde el principio.

Agatha dejó que la besara, rindiéndose con una vergonzosa falta de decoro y echándole los brazos al cuello como si fuera a desaparecer de repente.

Todo lo que decía era cierto. Luc era su pasión irresistible. ¿Por qué no disfrutar mientras durase en lugar de convertirse en mártir de sus propios sentimientos? El sacrificio estaba bien y a veces hasta merecía la pena, pero nunca había sido un buen compañero de cama.

El viaje hasta su casa fue tremendamente emocionante. Incluso la conversación en el asiento trasero del taxi, en voz baja, avivaba las llamas de su pasión. Notaba el deseo en él y era tan poderoso como el suyo.

Cuando por fin llegaron al ático de Belgravia, Agatha estaba a punto de explotar.

El apartamento estaba decorado en tonos neutros, con suelos de madera clara y paredes pintadas de gris. Sí, se fijó en esas alfombras de las que había hablado y en unos cuadros abstractos que no había mencionado en absoluto pero que debían de valer una fortuna.

Sin saber cómo, Luc la había llevado al dormitorio. Estaba en la cama, viéndolo cerrar las cortinas antes de quitarse la ropa. Estaba tan excitada que tuvo que tocarse y cuando se colocó frente a la cama, desnudo, Agatha dejó que terminase lo que ella había empezado.

Sobre unas sábanas que parecían de satén, se abrió al placer de ser acariciada por un hombre. Y le parecía tan maravilloso...

Por primera vez, tuvo que enfrentarse con sus emociones con total sinceridad; lo que sentía por Luc no era simple deseo. Sí, tal vez lo había sido al principio, pero poco a poco había ido enamorándose.

Y mientras enredaba los dedos en su pelo se permitió el lujo de dejar que en sus ojos se reflejara ese amor porque él no podía verla.

Si Luc supiera lo que sentía por él, desaparecería de su vida para siempre, estaba segura.

Pero aun así... siempre podía soñar.

Cuando más tarde se volvió hacia ella y le dijo muy serio que debería reconsiderar su renuncia, Agatha pensó, con optimismo, que no podía soportar estar sin ella.

—La situación ha cambiado —siguió Luc, sorprendiéndose a sí mismo.

Que su amante trabajase para él no era precisamente la situación ideal. De hecho sería incómodo, pero no quería que trabajase en ningún otro sitio. ¿Cuánto tiempo pasaría antes de que alguno de sus compañeros intentase conquistarla? Agatha era una mujer sexy e inteligente...

Entonces tuvo que admitir que existía una posibilidad de que estuviera celoso.

—Lo sé —dijo ella, pasando las manos por sus anchos hombros—. Es peor.

–No me digas que sigues preocupada por el trabajo –murmuró Luc, acariciando sus pechos.

–Si haces eso, no puedo pensar –Agatha acarició suavemente la impresionante erección y experimentó una oleada de poder al sentirlo temblar.

–Lo mismo digo, bruja –Luc separó sus piernas con las manos.

–No hagas eso. Estamos... hablando –intentó protestar ella.

Pero la frase terminó en un jadeo de placer cuando Luc encontró su punto más sensible.

–Quiero demostrarte que lo que hay entre nosotros es bueno –Luc la colocó sobre él, los preciosos pechos colgando cerca de su boca. Chupó uno de sus pezones mientras Agatha se frotaba contra él, haciendo un esfuerzo sobrehumano para no terminar hasta que ella llegó al clímax.

–¿Decías? –bromeó después, besando la punta de su nariz.

Agatha sentía como si estuviera pegada a él por una fina capa de sudor y le gustaba.

–Pensé que tenías miedo de que no pudiera ocultar... lo que hay entre nosotros –dijo Agatha.

–Es un riesgo que estoy dispuesto a correr.

Y ésa era una manera de decir que confiaba en ella, al menos en lo que se refería a su relación. Agatha no era una cotilla, lo sabía bien. Pero no iba a decirle lo que sentía cuando la veía en la oficina haciendo fotocopias o inclinándose para recoger algo del suelo...

–¿Qué va a pasar cuando vuelva Helen?

–No volverás a tu despachito, no te preocupes.

–¿No?

–¿Recuerdas esa empresa editorial en la que estabas interesada?

–¿La que publica libros de jardinería?

–Hay que empujarlos en la dirección adecuada, pero tú tienes buenas ideas.

–¿Cómo lo sabes?

–He hablado con ellos y se han deshecho en elogios sobre ti y tus ideas, así que no vas a irte. Te quiero donde pueda verte todos los días.

–¿Has creado un puesto para mí? –preguntó Agatha.

En realidad, aceptar un puesto para el que no estaba cualificada sonaba a enchufe, pero decidió olvidar sus objeciones y concentrarse en lo importante: que iba a seguir trabajando con él.

Luc se encogió de hombros.

–No te subestimes, aprendes muy rápido.

–Gracias.

–Trabajarás con un grupo de tres personas, desarrollando estrategias para modernizar esa editorial. Yo no tengo tiempo para eso, pero seguro que tú harás un buen trabajo. Tengo fe en ti.

Agatha no podía creer lo que estaba oyendo pero se sentía tan feliz que apoyó la cabeza en su pecho y, a los cinco minutos, estaba dormida.

Luc sintió que se relajaba mientras acariciaba su pelo.

No sabía por qué había sugerido un meteórico ascenso para alguien sin experiencia, pero después de haberlo sugerido se sentía satisfecho.

La editorial era pequeña y de relativo valor, de modo que el daño que podría hacer era muy limitado, aunque de verdad tenía fe en su habilidad. Había demostrado ser trabajadora y con ideas, aunque no le gustase mucho el trabajo de oficina. Y le gustaba saber que la tendría cerca todos los días.

Casi sin darse cuenta de que, por primera vez, había infringido una de sus reglas al dejar que una mujer pernoctase en su casa, Luc cerró los ojos y se quedó dormido.

Cinco semanas después, Agatha seguía en las nubes, viviendo con la esperanza de que ocurriera lo impensable.

Había sido ascendida sin fanfarria, en un movimiento calculado para evitar habladurías. Su equipo había sido reclutado de otras empresas y los habían instalado en la primera planta. Agatha se sentía feliz. Aunque no estaba trabajando con plantas, aquello era lo más parecido que podía conseguir en una oficina.

A veces, Luc se asomaba para preguntar cómo iba todo y nunca daba la impresión de tener otro interés por ella que el puramente profesional, aunque rozaba su brazo cada vez que se inclinaba para mirar algo en su ordenador.

Una vez, sólo una vez, los dos se habían quedado a trabajar hasta muy tarde y, cuando no quedaba nadie en el edificio, Luc la había llevado a su despacho para hacerle el amor en el sofá.

Le había confesado que era la primera vez que lo hacía y eso, junto con otros detalles, la hizo pensar que su relación era importante para él.

Por el momento, había muchos detalles importantes: la primera vez que una mujer dormía en su casa... de hecho, estaba prácticamente viviendo allí. La primera vez que hacía el amor en la oficina, la primera vez que iba al supermercado porque hasta entonces le llevaban la comida de un restaurante cercano. De hecho, seguramente era la primera mujer que le hacía la cena para luego ver una comedia romántica en televisión.

Todo eso tenía que significar algo, Agatha estaba segura.

Pero esa noche sería especial. Luc se iba a Nueva York la semana siguiente y Agatha pensaba salir temprano de la oficina para hacerle una cena con velas, música y champán. Había comprado todos los ingredientes a la hora del almuerzo y, a las cinco, tomó el metro hasta la pensión, que le parecía horrible comparada con el ático de Luc.

Luc iría a buscarla a las siete para llevarla a un carísimo restaurante, pero ella había cancelado la reserva. En lugar de eso, tendría preparada una cena exquisita en su habitación.

A las ocho y media lo tenía todo listo. Se había puesto un vestido verde ajustado sin nada debajo, algo que unas semanas antes hubiera sido impensable. Y cuando sonó el timbre prácticamente se lanzó de cabeza hacia la puerta.

–Hola, Luc.

Él se quitó la gabardina y miró las velas con cara de sorpresa.

–¿No íbamos a cenar fuera?

–He decidido que sería mejor pasar la última noche aquí antes de que te vayas a Nueva York.

Luc la miró, sorprendido. Aunque no era la primera vez que cocinaba para él, no había esperado aquello.

Lo maravillaba cómo se había infiltrado en su vida. Con otras mujeres jamás había sido capaz de hacer eso, pero con Agatha se había convertido en una rutina que lo complacía.

—No hacía falta, podríamos haber cenado fuera.

—Ya lo sé, pero he pensado que estaría bien. En serio, parece que me he molestado mucho pero en realidad es poca cosa.

Agatha intentaba disimular su decepción pero se sentía incómoda mientras servía el vino, intentando sonreír cuando Luc dijo que las velas eran un peligro.

—No eres nada romántico, ¿verdad?

—No –respondió él, con cierta brusquedad–. Así que no estropeemos la cena hablando de eso. No lleva a ningún sitio.

Atrapada en un incómodo silencio, Agatha empezó a explicar nerviosamente lo que había preparado de postre y Luc intentó relajarse. No iba a verla en una semana, tal vez más tiempo si las negociaciones no iban como él quería. Y había cosas más interesantes que un pastel de chocolate.

—¿Por qué no pasamos del postre? –sugirió, tirando de ella para sentarla en sus rodillas–. Tengo hambre de otra cosa...

—Sólo piensas en sexo –bromeó Agatha.

Pero no protestó cuando empezó a quitarle el vestido y tampoco cuando inclinó la cabeza para rozar delicadamente un pecho con su boca, sucumbiendo al placer que le ofrecían sus labios.

Luc la llevó en brazos a la cama. Disfrutaba al escuchar sus gemidos y jamás se cansaba de verla desnuda, el cabello extendido sobre la almohada, su voluptuoso cuerpo entregado.

Aunque sabía que era suya, tenerla no había disminuido su deseo por ella. A veces, en la oficina, bajaba a la primera planta con cualquier excusa para verla, para rozarla con un brazo.

Sabiendo que no se verían en unos días, quería que aquella noche durase todo lo posible y la acarició con los dedos y con la lengua hasta que Agatha le suplicó que la hiciera suya. Cuando por fin se enterró en ella estaba tan húmeda que no pudo aguantar más que unos minutos antes de dejarse ir. Se sentía como un adolescente, algo que no le había pasado nunca.

Agatha, con los ojos cerrados, apoyó la cara sobre su pecho mientras él acariciaba su pelo.

—¿Vas a echarme de menos?

Luc contuvo el aliento durante un segundo porque esa pregunta contenía algo que sonaba a campanas de boda.

—Voy a estar muy ocupado —respondió.

—¿Qué significa eso?

—Que probablemente no tendré tiempo para pensar en nada que no sea el trabajo.

Agatha sintió un escalofrío. Sabía que no debería seguir hablando del tema, pero no podía evitarlo.

—¿Me llamarás por teléfono?

—¿Se puede saber qué te pasa? ¿Qué es lo que te preocupa?

Dos cosas empezaban a quedar claras para Agatha. La primera, que Luc no iba a comprometerse a llamarla y la segunda, que no se comprometía a llamarla porque ni siquiera iba a notar su ausencia. Tal vez notaría la ausencia de sexo, pero a ella no la echaría de menos.

Había querido creer que lo que había entre ellos era una relación de verdad, pero en realidad sólo era sexo para Luc. Ni siquiera había querido tomar el postre que había preparado con tanto mimo; tan ansioso estaba por meterse en la cama.

Sintiéndose dolida y avergonzada, Agatha se apartó de él.

–Dímelo tú –murmuró–. No sé cómo ha pasado, pero somos amantes.

–¿No sabes cómo ha pasado? Ha pasado porque no podemos apartarnos el uno del otro –respondió él–. Muy bien, ¿qué quieres que diga, que voy a llamarte? De acuerdo, te llamaré.

Lo enfurecía que Agatha hubiera estropeado su última noche exigiendo unas respuestas que no estaba dispuesto a dar. No le gustaba que lo acorralasen, pero haría esa concesión. ¿Por qué no? La deseaba más de lo que había deseado a ninguna mujer en mucho tiempo y haría un esfuerzo para contener su natural deseo de levantar barreras.

–¿Y ahora podemos seguir con lo nuestro? –murmuró luego, pasando un dedo por su espalda y sonriendo al notar cómo respondía. Agatha decía una cosa con la boca, pero su cuerpo le decía otra muy diferente–. Te llamaré todos los días si eso es lo que quieres.

–¡No quiero que me llames! –Agatha parpadeó para contener las lágrimas–. No quiero que me llames sólo porque me he enfadado. No estoy tan desesperada.

–Yo nunca he dicho que lo estuvieras.

–Pero es lo que estás pensando y lo comprendo. Me acuesto contigo y hago todo lo que tú quieres...

–Cálmate, Agatha...

–Estoy calmada –lo interrumpió ella–. Pero quiero saber dónde va esto.

–¿Por qué es tan importante? Lo estamos pasando bien, ¿no?

–En la vida hay cosas más importantes que pasarlo bien.

Luc respiró profundamente.

–No me apetece nada seguir con esta conversación. Lo que hay entre nosotros es bueno para los dos. ¿Por qué cuestionarlo?

–Porque yo necesito saber si estoy perdiendo el tiempo contigo.

La experiencia de Luc no lo había preparado para aquello. En el pasado, las mujeres habían intentado colarse en su vida pero nunca lo habían puesto en el apuro de tener que dar una respuesta directa.

Y durante unos segundos se quedó sin habla.

–Voy a ducharme –dijo luego, saltando de la cama.

Pero Agatha se levantó para ir tras él.

–Ésa no es una respuesta.

Luc abrió el grifo de la ducha y, unos segundos después, el cuarto de baño se llenaba de vapor. Agatha suspiró mientras lo miraba con una fascinación que no podía disimular. Luc Laughton era su debilidad. Amaba a aquel hombre, pensó. Se había enamorado de él mientras Luc se limitaba a disfrutar con ella en la cama. Aunque de ninguna forma podía decir que la había engañado.

–Pensé que podía hacer esto... –le dijo después, cuando cerró el grifo y salió de la ducha–. Pensé que era una chica moderna, que podía tener una aventura contigo porque me sentía atraída por ti, pero no puedo.

Luc empezó a vestirse con aparente tranquilidad, pero sentía como si un cohete le hubiera estallado en la cara. ¿No sabía desde el principio que Agatha era una chica anticuada, la clase de chica que mantenía relaciones con la esperanza de que llevaran a algún sitio?

Se preguntó entonces cómo podía haberse dejado llevar por el deseo. Pero lo había hecho y se sentía asqueado por su debilidad.

–Siento mucho saber eso –dijo por fin–. Y me gustaría poder decir que esto acabará en el altar, pero no va a ser así –Luc se pasó una mano por el pelo–. No sé cómo va a terminar, pero no terminará en una iglesia, Agatha.

–No puedes seguir siendo soltero toda tu vida.

–Cuando decida casarme, si lo hago algún día, será con una mujer que entienda mis prioridades. Nunca le he dicho esto a nadie, pero voy a decírtelo porque mereces que sea sincero: tenía una relación con una mujer cuando mi padre murió y tuve que volver a casa para solucionar la situación –Luc hizo una mueca de disgusto–. Tenía que solucionar un problema terrible y la única manera de hacerlo era trabajar sin descanso. Así que trabajé veinticuatro horas al día, siete días a la semana... y creo que no hará falta decirte que el amor de mi vida no lo entendió.

De modo que no me gustan los dramas románticos, ni ahora ni nunca.

Lo que no añadió fue que algún día se casaría con alguien tan ambicioso como él o alguien que le diese libertad para seguir viviendo como le gustaba. No quería una mujer que estuviera continuamente haciendo exigencias, diciéndole que debería trabajar menos, levantando los ojos al cielo cada vez que tenía que viajar al extranjero e intentando convertirlo en un hombre domesticado y obediente. Era algo que había tenido claro desde siempre, pero se preguntaba por qué ahora sonaba como un cliché.

–Sé que no entiendes lo que digo –Luc suspiró–, pero te aseguro que algún día me darás las gracias por hacer sido sincero. Yo no soy el hombre que tú necesitas, Agatha.

–No, es verdad –admitió ella.

–Estás buscando alguien que tenga la cabeza en las nubes como tú, pero yo no soy así.

–¿Te he importado alguna vez? –le preguntó ella entonces.

–Pues claro que sí –respondió Luc, incómodo.

–Quieres decir que te importaba acostarte conmigo.

–Yo no he dicho eso.

Agatha sacudió la cabeza.

–Tal vez he sido una idiota por pensar que podríamos significar algo el uno para el otro –replicó, parpadeando rápidamente para evitar las lágrimas–. Llevo tanto tiempo enamorada de ti...

–Yo no te he pedido que te enamorases –la interrumpió Luc, intentando contener la euforia que provocaba tal admisión.

Pero una mujer enamorada era una responsabilidad y, por genial que fuera el sexo, él nunca animaría a una mujer a hacerse ilusiones.

–No, ya lo sé.

–Podría fingir que eso es lo que quiero, pero no es verdad. ¿Cuándo... cuándo te diste cuenta de que te habías enamorado de mí?

–No quiero seguir hablando de eso. No sé por qué lo he dicho.

–No, claro, lo comprendo.

–No quería hacerlo. Sabía que tú no eras la clase de hombre que me convenía, pero había empezado a hacerme ilusiones...

Luc, hipnotizado por una lágrima que rodaba por su rostro, tomó un pañuelo de papel y lo puso en su mano.

–Debería haber seguido con lo de Internet. Tal vez eso me hubiera llevado a algún sitio.

Él no quería hablar de eso. Aunque estaba claro que su relación se había roto, no quería pensar en Agatha con otro hombre.

Y Agatha sabía lo que significaba ese silencio: sí, debería haber buscado pareja por Internet. Luc lo había pasado bien con ella, y ella con él, pero no había nada más.

–Es una pena que las cosas hayan terminado así, pero creo que es importante dejar una cosa bien clara: esto no afectará a tu trabajo y no quiero que te marches –dijo Luc, metiendo las manos en los bolsillos del pantalón–. A partir de ahora, Jefferies se encargará de supervisar los progresos de tu equipo. Imagino que sería difícil para ti hablar directamente conmigo.

Agatha respiró profundamente antes de levantar la mirada.

–Te lo agradezco. Estoy disfrutando mucho del proyecto y creo que podemos llegar a algún sitio –respondió, jugando con el pañuelo de papel que tenía en la mano.

–No sé cómo ha pasado, pero he dejado que las cosas llegaran demasiado lejos...

–Yo no soy Miranda.

–¿Cómo sabes su nombre?

–Lo sé, simplemente. Imagino que debió de hacerte mucho daño, pero...

¿Pero qué? Agatha se odiaba a sí misma por seguir con esa conversación.

–Me enseñó una lección muy valiosa –dijo Luc.

–Te enseñó a ser una isla.

Muy bien, había cierta verdad en esa afirmación, tuvo que reconocer él. ¿Pero qué había de malo en ser una isla? Era mucho más seguro que depender de los demás. Sin embargo, sentía como si unos cristales estuvieran desgarrando sus entrañas y tuvo que hacer un esfuerzo sobrehumano para recuperar el sentido común.

Estaba inquieto porque Agatha había puesto las cartas sobre la mesa, pero también porque parecía cansada; algo notable cuando en las últimas semanas la había visto llena de energía.

Se había acostumbrado a ella y se sentía culpable por hacerla sufrir. Por eso tenía un nudo en el estómago.

–Me marcho porque me importas de verdad, Agatha. Yo no puedo darte el amor que tú quieres.

Cada palabra le sabía a veneno. ¿Había sentido aquello cuando Miranda lo dejó? No lo recordaba. Pero había sido un momento crucial en su vida, ¿por qué no lo recordaba?

—Me marcho —repitió—. ¿Quieres llamar a alguien para que venga a quedarse contigo?

Agatha lo miró, sin poder disimular su hostilidad. Eso era llevar la compasión demasiado lejos.

—Soy yo quien está rompiendo la relación, no tú. Y no es el fin del mundo. Estas cosas pasan todos los días... y seguramente me hará más fuerte. Así que no, no necesito llamar a nadie para que me haga compañía. Puede que haya sido una ingenua, pero no soy tan patética como tú pareces creer.

No lo culpaba por el final de la relación, se culpaba a sí misma. Pero se levantaría como fuera.

—Y sí, te agradecería que no fueras a mi despacho... aunque si tienes que hacerlo tampoco pasa nada.

Había tenido que hacer acopio de fuerzas para decir esa última frase, pero al menos Luc ya no estaba mirándola con esa expresión ridículamente condescendiente. Le había dado la excusa que necesitaba para marcharse y la miraba con cierta reserva.

Agatha respiró profundamente. La recuperación tenía que empezar en algún momento y podía lidiar con reserva mejor que con compasión.

Capítulo 7

LUC LEVANTÓ la cabeza para mirar a la pelirroja que le había sonreído coquetamente durante toda la cena. Sabía que, aunque se mostrase tan comunicativo como un ladrillo, ella seguiría intentando flirtear con él. Atractivo, rico y sin compromiso, era uno de los solteros más cotizados de la ciudad.

Estaban terminando de cenar en uno de los mejores restaurantes de Londres y lo lógico era ir a su apartamento, donde la pelirroja le mostraría todos los talentos que habían estado casi a la vista durante la larga y aburrida cena.

Pero eso no iba a pasar. Durante las últimas tres semanas, su libido había estado alarmantemente apagada. De hecho, no existía en absoluto. Era la primera vez que había tenido que hacer un esfuerzo para cenar con una mujer guapa. Debería estar disfrutando del ensayado juego de seducción que, sin la menor duda, los llevaría al dormitorio. En lugar de eso, había mirado su reloj cinco veces y estaba esperando pacientemente que ella terminara el café para pedir la cuenta y volver a su casa. Solo.

Todo en aquella situación lo ponía nervioso. Desde su falta de interés por las mujeres a su obsesión por una a la que ya debería haber olvidado. Había sabido desde el principio que él no era la clase de hombre que se lanzaba de cabeza a un compromiso como un kamikaze. Él tenía sus reglas, pero Agatha había decidido infringirlas todas.

Debería suspirar aliviado por haberse librado de ella. Él no estaba interesado en casarse por el momento y cuando conociese a la mujer adecuada no sería alguien como Agatha, una cría esperando un cuento de hadas.

Pero no podía dejar de pensar en ella. Era como una de esas insistentes melodías que uno no podía quitarse de la cabeza.

Ni siquiera el trabajo lo ayudaba. Había trabajado como nunca y había estado fuera del país más que en él, pero no era capaz de concentrarse por completo y se había encontrado más de una vez con el ceño fruncido en una reunión, a muchos kilómetros de distancia...

Y ahora aquello: una pelirroja de metro setenta y ocho que podría parar el tráfico y no le interesaba en absoluto. Podría haber estado cenando con un monstruo.

–¿Me estás escuchando? –Annabel se inclinó hacia delante, regalándole una panorámica de su escote.

–Perdona, estaba distraído –Luc le hizo un gesto al camarero para que le llevase la cuenta, sintiéndose culpable al ver que Annabel perdía la sonrisa–. Tengo mucho trabajo ahora mismo y no puedo concentrarme en nada. Mal momento para cenar con una mujer.

Luc no tenía por costumbre dar tantos detalles, pero se sentía en la obligación de hacerlo.

–Pues es una pena –dijo Annabel.

–Eres una chica muy atractiva, pero en este momento no tengo tiempo para una relación.

–¿Por el trabajo?

La pregunta quedó colgada en el aire hasta que Luc asintió con la cabeza.

–No sabes lo que te pierdes –Annabel se levantó, tomando su bolsito azul de la mesa–. Pero gracias por ser sincero conmigo. Aunque seguramente no habría funcionado de todas formas... no me gustan los hombres aburridos.

¿Annabel pensaba que era aburrido? Mientras Eddy, su chófer, lo llevaba de vuelta al ático de Belgravia, Luc pensaba que eso había sido lo más entretenido de la noche. Por lo menos, la única vez que había sentido la inclinación de soltar una carcajada.

Por fin en su apartamento, se dirigía al bar para tomar un whisky antes de irse a dormir cuando le pareció escuchar la voz de Agatha...

Estaba seguro de que era cosa de su imaginación pero cuando se volvió, la vio sentada en el sofá, mirándolo con sus enormes ojos azules.

Debería haberla visto en cuanto entró porque había encendido la lámpara del salón y ella no hacía el menor esfuerzo por esconderse, pero su cabeza estaba en otro sitio.

–Lo siento, he entrado con mi llave –se disculpó Agatha–. Iba a esperarte fuera... de hecho, te esperé fuera durante un rato, pero hacía frío y todo estaba tan silencioso que empecé a tener miedo.

—¿Qué haces aquí?

—Se me olvidó devolverte la llave... —Agatha no sabía qué decir y se limitó a mirarlo, en silencio.

Como le había prometido, no había vuelto a pisar su despacho desde que rompieron. De hecho, Luc había estado fuera del país caso todo ese tiempo. Lo había descubierto preguntando en la oficina, aunque sabía que era absurdo interesarse.

Ahora, después de tres semanas sin verlo, se lo comía con la mirada como una adicta necesitada de una dosis.

—¿Por qué no le has dejado la llave al conserje?

Luc estaba tenso pero, al mismo tiempo, experimentaba una perversa satisfacción porque sólo podía haber una razón para que Agatha estuviera allí. Se había puesto muy romántica sobre el matrimonio y el final feliz, pero después de tres semanas no podía estar sin él y sin la pasión que había entre los dos.

Había subestimado el poder del deseo y eso no lo sorprendió. Y tampoco que no le hubiera devuelto la llave del apartamento. Seguramente la habría guardado como un recordatorio de lo que anhelaba, quisiera admitirlo o no.

—La verdad es que quería dártela personalmente.

—No puedo echarte a la calle pero, por si no lo recuerdas, hemos roto. De hecho, tienes suerte de que tuviera trabajo esta noche o seguramente no habría vuelto solo a casa.

Agatha enrojeció. No había sabido nada sobre las conquistas de Luc en esas semanas y tampoco había leído nada sobre él en las revistas de cotilleos que había devorado con vergonzante entusiasmo.

Intentaba mostrarse calmada y segura de sí misma, pero no la ayudaba nada que Luc estuviera de pie, mirándola como si fuera una ladrona que se había colado en su apartamento.

Él había seguido adelante con su vida como si no hubiera pasado nada y no era ninguna sorpresa. Luc Laughton no pensaba dos veces en las mujeres que dejaba atrás.

¿Le dolía? Desesperadamente. Pero intentó disimular porque había tenido que hacer un gran esfuerzo para ir allí.

–Ya me lo imagino. Pero es que tengo que contarte algo.

–No creo que tengas nada más que decirme. Si es algo que se refiere al trabajo, puedes contármelo en la oficina –Luc tomó un vaso para servirse el whisky que se había prometido a sí mismo y que necesitaba más que nunca, aunque debía reconocer que la noche se había animado mucho.

Agatha se levantó del sofá, pero enseguida volvió a sentarse. No podía haber dejado más claro que quería que se fuera cuanto antes. ¿Por qué? ¿Creía que si estaba con ella cinco minutos le pondría unas esposas?

Entonces tragó saliva, observándolo mientras se servía el whisky. Porque sería whisky, seguro. Solía tomar uno antes de irse a dormir, pero tal vez aquella noche necesitaría más.

–Luc...

Él se dio la vuelta, apoyándose en el bar.

–Di lo que tengas que decir –la urgió, antes de tomar un trago. Parecía tan nerviosa como un gatito e igualmente vulnerable.

El silencio se alargó hasta que, por fin, Luc se acercó al sofá. Agatha no podía ser más diferente a Annabel, que era el paradigma de la mujer serena, impecable, elegante y segura de sí misma...

Annabel no era la clase de mujer que soñaba con cuentos de hadas ni con un marido domesticado que estaba deseando volver a casa cada noche. Luc se agarró a ese pensamiento porque, incluso con ese aspecto perdido, Agatha conseguía excitarlo como nadie.

–¿Es por dinero? –le preguntó–. Porque si es eso, no hay ningún problema.

–¿De qué estás hablando?

–Dudo mucho que hayas venido sólo para hablar de los viejos tiempos.

De inmediato, la imaginó desnuda bajo el abrigo y tuvo que apartar la mirada, frustrado.

–Pero no nací ayer y conozco bien a las mujeres –siguió, tomando un sorbo de whisky antes de sentarse a su lado–. Estuvimos saliendo juntos y tal vez has pensado que cortamos antes de que pudieras obtener algún beneficio económico.

Agatha lo miró, perpleja.

–¿Pero qué estás diciendo?

–Tienes un trabajo muy bien pagado que se te hizo a medida, pero sabes cómo trato a las mujeres cuando me despido de ellas y tal vez has decidido que mereces un regalo.

Agatha no podía creer lo que estaba escuchando.

–Pero...

–Y no tengo ningún problema, no te preocupes –la interrumpió Luc, sintiéndose magnánimo–. Lo justo es lo justo y tú tienes que salir de ese agujero de pensión.

—Ya me he ido de la pensión, con mi propio dinero —dijo ella por fin.

—¿Cuándo?

No sabía que se hubiera ido y esa inesperada independencia lo sorprendió.

—Hace una semana y media. Encontré un sitio mejor y más cerca de la oficina.

—¿Otra pensión con un propietario que cree que el moho de las paredes equivale a un papel pintado?

—No, ahora puedo pagar un apartamento. Y no estoy aquí para pedirte nada... ¿cómo puedes pensar eso de mí? Es ridículo, yo nunca te he pedido nada.

—La mayoría de las mujeres se mueven por dinero.

—Serán las mujeres con las que tú sales —replicó Agatha, con expresión acusadora—. Y es horrible que me hables así, como si no me conocieras en absoluto.

Luc hizo una mueca.

—Muy bien, tienes razón. No has venido aquí para eso. ¿Para qué entonces?

—Como sé que no te gusta darle vueltas a las cosas, voy a ir al grano: estoy embarazada.

Por un segundo, Luc tuvo la extraña sensación de que el tiempo se había detenido. Y luego se preguntó si había oído bien.

—Eso es imposible —dijo por fin, levantándose para pasear por el salón—. Me dijiste que tomabas la píldora y confié en ti. ¿Estabas mintiendo?

—No te dije que tomase la píldora, dije que no creía que fuera un problema...

Él se pasó una mano por el pelo.

–No puedes estar embarazada.

–Me he hecho cuatro pruebas –dijo Agatha–. No hay ninguna duda, estoy embarazada.

–Esto no puede estar pasando –Luc se dejó caer sobre el sofá, mirándola con tal expresión de incredulidad que Agatha olvidó el discurso que había ensayado.

–Sé que es una sorpresa. También ha sido una sorpresa para mí.

Había ido al médico porque estaba cansada y le dolía la espalda, esperando que le recetase un analgésico y tal vez un masaje... y había salido con las piernas temblorosas cuando le dijo que estaba embarazada de dos meses.

–Estaba tomando la píldora –siguió–, pero no la primera vez. La primera vez no estaba tomando nada. No pensé que pudiera ocurrir...

–No pensaste...

–Tampoco tú –se apresuró a interrumpirlo Agatha.

Luc asintió con la cabeza. Tenía razón, tampoco él había pensado en nada esa noche.

Su vida iba a cambiar por completo porque ninguno de los dos había pensado en las consecuencias. Él siempre tomaba precauciones, pero no lo había hecho con Agatha. Todo había sido tan rápido que no se había parado a pensar...

–Lo siento –dijo ella.

Debía de ser un golpe tremendo para Luc volver de una cita para descubrir que iba a tener un hijo con una mujer a la que ya no quería en su vida. También lo había sido para ella, pero había tenido un día entero para acostumbrarse a la idea.

–Dijiste que no había ninguna posibilidad.

–Hice un cálculo mental y *pensé* que no había ninguna posibilidad pero, por lo visto, estaba equivocada. No sabía si debía contártelo o no... y tal vez debería irme para que intentes acostumbrarte a la idea.

Agatha iba a levantarse, pero Luc sujetó su brazo.

–¿Y ahora qué?

–No he venido a pedirte nada. Sólo pensé que debías saberlo. No espero que cambies tu vida por mí ni nada parecido.

–¿Estás loca? ¿Cómo no va a cambiar mi vida?

–No necesito que cuides de mí, Luc. Soy más que capaz de cuidar de mi hijo sola.

–¿Eso lo dice la chica que sueña con el amor y el matrimonio?

–Digamos que he madurado.

–¿Y qué se supone que debo hacer yo ahora?

–Seguir trabajando, como siempre –respondió Agatha–. Y cuando nazca el niño hablaremos de derechos de visita, si eso es lo que quieres.

–¿Vives en el mismo planeta que yo?

–Estoy intentando ponértelo fácil.

–¿Qué piensas decirle a tu madre, por ejemplo? ¿Crees que se va a creer lo de la cigüeña?

–Aún no he pensado en eso –Agatha se encogió de hombros–. Estoy intentando hacerme a la idea todavía y mi madre... bueno, mi madre es muy anticuada. Antes de hablar con ella tendré que armarme de valor.

–Sugiero que lo hagas. Y también sugiero que le digas quién es el padre porque tarde o temprano lo descubrirá. Me gustaría dar marcha atrás, pero como eso no puede ser, te aseguro que me haré responsable de mi hijo.

—¿Qué quieres decir?

—No te preocupes, no tendrás ningún problema económico. Y mi hijo tampoco.

Su hijo.

Luc miró el abdomen de Agatha, atónito. Ni en un millón de años hubiera imaginado que su vida iba a ponerse patas arriba, pero debía admitir que había algo muy sexy en saber que llevaba a su hijo dentro.

—¿Dónde vives ahora? Tu idea de lo que es un alojamiento apropiado no suele coincidir con la mía.

—No vas a hacerte cargo de mi vida, Luc.

—Yo soy la otra parte de la ecuación en estas circunstancias. Y eso, por cierto, nos lleva a otra cosa: nuestra relación.

—Nosotros no tenemos una relación —dijo Agatha. De repente, todo parecía moverse a una velocidad vertiginosa.

—Te guste o no, ahora la tenemos y algo me dice que tu sueño podría estar a punto de hacerse realidad.

Agatha no tuvo que pedir que le aclarase esa última frase. Sabía muy bien de qué estaba hablando. Habían roto su relación porque ella quería algo más que una aventura temporal y ahora, contra su voluntad, se veía acorralado por una situación que no deseaba. Le había dicho que su vida no tenía por qué cambiar, ¿pero cómo podía haber creído eso de verdad? Luc no era la clase de hombre que evitaba responsabilidades, aunque fueran responsabilidades que no quería.

—No voy a casarme contigo —le dijo—. No es por

eso por lo que estoy aquí. No es por eso por lo que te he dicho que estoy embarazada.

–No pienso quedarme a un lado y te aseguro que un hijo mío no será ilegítimo. Yo soy un hombre de honor –replicó Luc–. Dices que no debería dudar de ti, pero tampoco tú deberías dudar de mí.

–Eres tú quien me ha acusado de querer dinero –le recordó Agatha–. Y ya sé que eres un hombre de palabra, no tienes que decirlo.

–Entonces, estarás conmigo en que debemos hacer lo mejor para todos. Y lo mejor es casarnos, es la única solución al dilema.

–Esto no es un dilema y tampoco es un problema.

–Muy bien, de acuerdo. ¿Cómo quieres que lo llamemos, situación? ¿Una ocurrencia del destino? ¿Una oportunidad inesperada? Elige lo que quieras, la solución será la misma.

Agatha se levantó, abrumada de repente por las emociones que la atacaban por todos lados. Pero el suelo, que debería ser firme bajo sus pies, pareció ceder... era como estar en un bote en medio del océano, experimentaba la misma sensación de mareo.

–No me encuentro muy bien... el médico me ha dicho que podría tener anemia... –Agatha no recordaba lo que ocurrió después, pero tuvo la sensación de que alguien la tomaba en brazos.

Al verla pálida como un cadáver, Luc se había puesto en acción inmediatamente, sujetándola antes de que cayera al suelo.

Apenas había tenido tiempo de asimilar la noticia pero, de repente, se preguntó si estaba lidiando con la situación de manera adecuada. Había sido culpa suya que Agatha se marease y, en su condición, era lo último que necesitaba.

Luc la llevó al dormitorio y la dejó suavemente sobre la cama.

–¿Estás mejor? –le preguntó al verla parpadear.

–¿Me he desmayado? –murmuró Agatha, llevándose una mano al cuello de la camisa. Se sentía débil y asustada y, aunque no quisiera reconocerlo, la presencia de Luc era reconfortante.

–¿Es la primera vez que te pasa?

Ella asintió con la cabeza.

–¿No comes bien? Estás muy delgada.

–Claro que como bien. Y no finjas que te importa, esto es algo que no esperabas y que va a interrumpir tu vida... –los ojos de Agatha se llenaron de lágrimas.

–Voy a llamar al médico.

Luc parecía tal preocupado que Agatha hizo un esfuerzo para no llorar más. Luc Laughton podía ser aterrador y enfurecerla como no se había enfurecido nunca con nadie, pero también podía ser considerado y humano. ¿Cómo había olvidado eso?

–No sabía que los médicos siguieran haciendo visitas a domicilio –le dijo, cuando volvió a la habitación–. Pero no es necesario, de verdad.

–Sí es necesario. Y yo tengo en nómina al mejor médico de Londres.

–¿Porque te pones enfermo a menudo? –Agatha empezaba a tener sueño, algo que le ocurría muy a menudo últimamente.

–No, yo nunca me pongo enfermo.

–No voy a casarme contigo, Luc.

–Y yo no pienso pelearme contigo por el momento. Tienes que cuidarte y que nos peleemos no ayuda nada.

–No tengo intención de pelearme contigo.

–¿Lo ves? Ya lo estás haciendo.

Agatha tuvo que disimular una sonrisa y seguía sintiéndose ridículamente contenta cuando sonó el timbre. Unos segundos después, en la habitación entraba un hombre de pelo gris e inteligentes ojos negros. Mientras la examinaba, le contó que conocía a la familia de Luc de toda la vida y que era su médico desde que se mudó a Londres.

–Aunque no nos vemos a menudo –siguió, guardando el estetoscopio en el maletín para dirigirse a la puerta, donde Luc esperaba con gesto impaciente.

–¿Cuál es el diagnostico, Roberto?

El médico miró hacia la cama.

–Necesitas descansar, Agatha. Tienes la tensión alta y eso puede dar lugar a todo tipo de problemas. Aunque el latido del niño es fuerte, no me gustan nada esas ojeras que tienes. Estás estresada y seguramente no tomas los nutrientes necesarios. Por supuesto, no hay necesidad de comer para dos como hacían antes, pero necesitas comer bien. Voy a darte una receta de ácido fólico, pero sobre todo debes descansar. Al menos durante un mes. Y es una orden.

Sonreía al decir eso, pero Agatha no pudo devolverle la sonrisa. ¿Cómo podía haber recorrido una distancia tan grande en tan poco tiempo? De la confusión total al pánico y de ahí a la angustia por la posible pérdida de aquel ser diminuto que crecía dentro de ella.

Luc salió de la habitación con el médico y cuando

volvió unos minutos después su expresión era implacable.

—Estaba mintiendo, ¿verdad? —murmuró Agatha—. No quería asustarme, pero es más serio de lo que dice. Lo he visto en su cara.

—¿Ah, sí? Entonces tendremos que llevarte al oculista —Luc se sentó a su lado en la cama.

Tres semanas sin ella habían sido un infierno. Aunque no había anticipado aquella situación, estaba absolutamente decidido a hacer lo que tenía que hacer.

Bajo ninguna circunstancia, le había dicho Roberto, debía estresarla en ese momento. De modo que intentar convencerla para que se casaran tendría que esperar. Pero cuidaría de ella porque la idea de tener un hijo con Agatha empezaba a resultarle increíblemente atractiva. Tal vez porque la presencia del médico había hecho que algo abstracto se convirtiera en algo real. En cualquier caso, su misión era protegerla, le gustase a Agatha o no.

—Puede que haya dicho cosas que te hayan disgustado —empezó a decir—. Y te pido disculpas por ello.

—¿Perdona? —exclamó ella, incrédula.

—No se me da bien pedir disculpas y tú lo sabes.

—No —asintió Agatha, fascinada por un Luc que había dejado a un lado su eterna arrogancia, aunque fuese temporalmente—. Imagino que no tienes mucha práctica.

—No me hace falta porque suelo tener razón.

Era un comentario tan típico de Luc que Agatha tuvo que sonreír. Cuánto lo había echado de menos. Había echado de menos su cara, su calor, sus caricias... y estar a su lado en la cama era suficiente para marearla.

—No voy a darle más vueltas al asunto. Roberto dice que tienes que descansar y eso es lo que vas a hacer. De modo que, por el momento, estás en excedencia —Luc levantó una mano para silenciar sus protestas—. Y no discutas. Si siguieras trabajando, pondrías en peligro al niño. Es tan sencillo como eso.

Mientras hablaba, estaba intentando trazar un plan de acción.

—¿De acuerdo? —le preguntó. Ella negó con la cabeza—. No, ya me lo imaginaba. Y también imagino que no estás preparada para volver con tu madre por el momento.

—Ya conoces a mi madre —Agatha se mordió los labios—. Necesito un poco de tiempo. Acabo de descubrir que estoy embarazada...

—Lo entiendo. Y ya que hablamos de la familia... sé que he reaccionado como un cavernícola cuando me has dicho que estabas embarazada —Luc tomó su mano, mirándola con gesto de disculpa—. Sí, el honor es importante, pero acepto que ya no vivimos en la Edad Media, así que olvidemos esa proposición mía y concentrémonos en ponerte fuerte otra vez.

Nunca había sido más contemporizador con alguien del sexo opuesto. Claro que nunca había estado a punto de provocar un daño irreparable por su irreflexivo comportamiento. Ese día había aprendido una valiosa lección, pensó. No tenía intención de sentar la cabeza, pero su vida acababa de dar un giro de ciento ochenta grados. Tarde o temprano, Agatha buscaría al hombre de sus sueños. ¿No había empezado a considerar la idea de buscarlo por Internet? Y Luc no pensaba dejar que otro hombre cuidara de su hijo.

Tres semanas antes, Agatha empezó a hablar de matrimonios y romances de cuento de hadas y él había decidido apartarse. Pero le había hecho daño y su misión era recuperar su confianza.

Agatha no entendía el repentino cambio de opinión. Olvidar esa absurda idea de casarse era lo mejor, se dijo a sí misma. Pero le dolía que de repente hubiera decidido que sería absurdo casarse con una mujer de la que no estaba enamorado.

–Tienes que descansar –insistió Luc–, y Londres no es un buen sitio para hacerlo. Pero tengo una casa muy tranquila en el campo... está lo bastante cerca de Londres como para ir y volver en el mismo día pero lo bastante lejos como para olvidar el ruido y la polución.

–¿Tienes una casa en el campo? ¿Por qué no me lo habías dicho?

Luc decidió no responder a la segunda pregunta.

–Es un sitio muy tranquilo, con un jardín precioso. Creo que allí estarás muy a gusto.

Luego sonrió, preguntándose cuánto tardaría en encontrar una casa así. No mucho, esperaba. El dinero hacía maravillas cuando se trataba de adquirir posesiones.

Capítulo 8

NO SÉ si me apetece vivir en el campo.
Agatha había estado ocho días en el ático de
Luc porque no había podido convencerlo
de que descansaría igual en su apartamento.

–No puedo cuidarte si no estás aquí –había dicho
él, con total firmeza.

Decirle que estaba tirando dinero en el alquiler de
un piso que no ocupaba nadie no sirvió de nada, aunque Luc había inclinado a un lado la cabeza, fingiendo
que la escuchaba con atención.

–No debes estresarte por cosas poco importantes.
Recuerda lo que dijo el médico.

La única concesión había sido llevarle su ordenador portátil para que pudiera seguir en contacto con
su grupo de trabajo.

La comida era preparada por un cocinero y Luc
volvía temprano de la oficina todos los días, aunque
Agatha le aseguraba que no había necesidad.

Luc Laughton daba el cien por cien en todo lo que
hacía y también daba el cien por cien en la tarea de
evitar que perdiese el niño.

Y aunque le gustaba, resultaba turbador pensar que
era una tarea de la que había tenido que hacerse cargo
a la fuerza. Si no estuvieran en esa situación, no ha-

bría vuelto a verlo. Luc había seguido adelante con su vida hasta que ella apareció con la noticia bomba.

¿Pero qué otra cosa podría haber hecho? Ella no quería perder a su hijo. Su apego por el bebé aumentaba cada día y, secretamente, le encantaba que Luc cuidase de ella. ¿No disfrutaba tumbada en el sofá del salón, con una taza de té en la mano y una pila de revistas a su lado mientras él trabajaba en el ordenador? ¿No le gustaba verlo en el sofá, con las manos en la nuca, haciendo comentarios sarcásticos sobre algún programa de televisión que habían puesto para distraerse?

Si olvidaba la tensión que había entre ellos, y los dudosos motivos de aquel reencuentro, eran la viva imagen de la felicidad.

Al menos, en lo que se refería a ella. No tenía ni idea de lo que pensaba Luc porque no quería sacar el tema.

Estaba siendo sido escrupulosamente atento con ella. La había instalado en el dormitorio de invitados y, más que otra cosa, eso había dejado claro que la veía como una responsabilidad.

Con sus pocas posesiones en un guardamuebles y el alquiler del apartamento cancelado antes de que hubiera tenido tiempo de disfrutarlo, se dirigían por la autopista hacia la misteriosa casa que Luc tenía en Berkshire.

Agatha había dejado de hacer preguntas y concentraba sus esfuerzos en no sucumbir a la ilusión de que aquello iba a durar. Era una idea seductora, pero peligrosa y que debía evitar a toda costa. Amarlo hacía demasiado fácil que se engañara a sí misma.

–¿Por qué no te gusta la idea de pasar un mes en el campo?

Luc había tenido una semana para considerar la situación y sabía que estaba haciendo lo que debía hacer. Aunque Agatha no parecía apreciar su esfuerzo; un esfuerzo que estaba robándole tiempo de la oficina. Al contrario, se había encerrado en sí misma y no parecía dispuesta a hablar del futuro. ¿Temería perder el niño si discutían?, se preguntó.

–Es como si me hubiera metido en una secadora y estuviera dando vueltas sin parar. Primero, tuve que mudarme al ático, aunque podía cuidar de mí misma sin el menor problema. No me dejas levantar un dedo y ahora esto... es como si me estuvieras secuestrando.

–Muchas mujeres agradecerían que me preocupase tanto.

Agatha tuvo que hacer un esfuerzo para no decirle que no se había preocupado en absoluto desde que rompieron su relación. El interés que demostraba en aquel momento tenía que ver con el niño que estaba esperando. Se preguntó entonces si, cuando diera a luz, Luc se mostraría tan solícito con ella o volvería a ser el de antes.

Y eso la hizo pensar en el futuro. Luc estaba intentando demostrar que podía ser un buen padre, tal vez porque quería ganarse su simpatía para cuando tuvieran que hablar de los derechos de visita.

Evidentemente, había decidido seguir adelante con su vida cuando naciese el niño y Agatha tenía que hacer un enorme esfuerzo para no pensar en ellos como una familia feliz. Luc volvería a su vida mientras ella se quedaba a un lado, viendo cómo una larga lista de rubias fingían interés por su hijo. Y a él no lo preocuparía porque, en su cabeza, había hecho lo que debía hacer.

–¿Qué voy a hacer en un pueblo donde no conozco a nadie?

–Me conoces a mí y yo pienso ir por la casa a menudo –dijo Luc.

Agatha suspiró.

–Ojalá todo fuera como antes.

–Desear lo imposible no es buena idea. Para nosotros, la vida nunca volverá a ser como antes –Luc volvió la cabeza para mirarla–. Tenemos que aceptarlo y seguir adelante.

–¿Cómo puedes ser tan práctico?

–¿No te parece bien?

–No lo sé.

–Uno de los dos tiene que mantener la cabeza fría y he decidido nominarme a mí mismo para el papel –Luc salió de la autopista para tomar una carretera vecinal.

Había estado en la casa una vez, pero entonces conducía su chófer mientras él iba trabajando en el asiento trasero, de modo que tenía que mirar el navegador de soslayo para no perderse porque todas esas carreteras parecían iguales.

–¿Y yo no puedo opinar? –le preguntó Agatha entonces.

Aunque le resultaba difícil seguir discutiendo porque estaba encantada con el paisaje. Había olvidado lo bonito que era el campo, lo limpio que era el aire sin la polución de Londres. Y tan silencioso; un silencio que no era roto por las sirenas de policía y las bocinas de los coches.

–Por el momento, no –respondió Luc–. Ya casi estamos llegando. Tardaremos menos de veinte minutos.

–¿Vienes por aquí a menudo?

Él pareció pensarse la repuesta:

–No mucho.

–¿Y sueles venir solo? –Agatha no había querido preguntar eso y enseguida se mordió los labios.

–¿Por qué?

–Por nada. Es que me resulta raro imaginarte pasándolo bien tan lejos de Londres.

–Eres la primera mujer que traigo aquí.

–No te he preguntado si has traído a otras mujeres.

–¿No? –Luc se volvió para mirarla con una sonrisa en los labios y Agatha se enfadó consigo misma.

Sus problemas de salud la obligaban a tomar medidas y, aprovechándose de ello, él había entrado en su vida como un ciclón. ¿Pero por qué?, se preguntó.

¿Quería tenerla controlada? ¿Iba a apartarla del resto del mundo porque sabía que seguía enamorada de él?

Luc no jugaba con las reglas de los demás. Si tenía un plan, lo llevaría a cabo. Él era así, sencillamente. Y eso era algo que no debía olvidar.

–Es un sitio precioso –Agatha suspiró, cambiando de tema.

–¿Verdad que sí? –aunque Luc no era un admirador de la naturaleza, debía admitir que aquel sitio era precioso–. Aunque, según dicen, estos pueblos pequeños están plagados de rumores y escándalos.

Agatha soltó una carcajada.

–¿Dónde has oído eso?

—Creo que lo he visto en una de esas series de detectives que tanto te gustan. ¿Te has dado cuenta de que todos los asesinatos tienen lugar en un pueblecito pequeño? No entiendo cómo aún queda gente.

Era irresistible cuando se ponía irónico.

—Por si acaso, tendré cuidado.

—No te preocupes, yo tendré cuidado por los dos.

Acababa de tomar un camino flanqueado por árboles con alcorques llenos de flores silvestres y Luc la miró de soslayo para ver su reacción.

El agente inmobiliario había hecho un trabajo estupendo, pensó. Había querido impresionar a Agatha y, aparentemente, lo estaba consiguiendo.

—¿Te gusta? —le preguntó, conduciendo muy despacio para que pudiera disfrutar del paisaje.

Agatha estaba perpleja.

—Madre mía....

—Es un sitio fabuloso, ¿verdad?

—Jamás hubiera imaginado que tendrías una casa en un sitio así —le confesó ella.

—Tengo mis secretos.

La casa acababa de aparecer al final del camino, entre los árboles. No era ni demasiado grande ni demasiado pequeña... era sencillamente perfecta. Construida en ladrillo, los muros del primer piso estaban cubiertos de hiedra. Era una visión, como una casita de cuento de hadas.

—Es tan diferente a tu ático de Londres —comentó Agatha—. Tu ático es tan frío, tan minimalista.

—¿Un poco como yo? —sugirió él.

No la había visto tan animada desde que empeza-

ron a salir juntos varias semanas antes, cuando soñaba con casarse con él.

Agatha se encogió de hombros.

–Tú lo has dicho, no yo.

Luc tuvo que sonreír.

–¿Entonces te gusta?

–Es maravillosa. Qué escondite tan fantástico. Me
sorprende que quieras volver a Londres después de
pasar aquí un fin de semana.

Él desvió la mirada.

–Demasiada tranquilidad puede ser agotadora.

–¿Tienes gente que se encarga del jardín y la casa?

–Naturalmente.

–Porque podría hacerlo yo mientras esté aquí. Así
tendría algo que hacer.

–Estás aquí para descansar, Agatha.

–La jardinería es relajante.

–Si tú lo dices... –Luc salió del coche para abrirle
la puerta.

Todo lo que podrían necesitar, incluyendo lo necesario para que él trabajase desde allí, había sido en-
viado con antelación. Luc pensaba que se volvería
loco con tanta soledad, pero el pueblo estaba relati-
vamente cerca.

–Supongo que no estaría mal que atendieses el jardín. Pero nada de levantar pesos.

–Naturalmente –asintió Agatha, pensando que era
fantástico que Luc tuviera un sitio así. Podía ser duro
como una piedra en los negocios y, francamente, en
casi todo lo demás, pero descubrir que poseía una
casa tan bonita dejaba claro que también tenía una
vena sensible.

El interior no la decepcionó en absoluto. Estaba amueblada con sencillez, pero tenía grandes ventanales y el suelo de madera brillaba como un espejo.

–Debes de tener un ama de llaves fabulosa. ¿Te importa si echo un vistazo alrededor?

–No, claro que no.

Sus ojos brillaban y parecía contenta. Era la viva imagen de una mujer enamorada... de la casa.

Luc sacudió la cabeza, apoyándose indolentemente en la pared mientras ella iba de un lado a otro. En el piso de arriba había cuatro dormitorios y dos cómodos cuartos de baño con todo lo necesario. Y en la nevera había suficiente comida como para no tener que salir de allí en varias semanas.

Agatha notó que la había puesto en el dormitorio más alejado del principal y tuvo que contener una absurda punzada de desilusión. En realidad, era un gesto caballeroso, pensó.

Sonriendo, bajó al primer piso y cuando lo encontró en la cocina tuvo que disimular una risita. Las cocinas lo dejaban perplejo. Por alguna razón, Luc sabía manejar cualquier aparato eléctrico salvo los electrodomésticos.

–No tienes que quedarte conmigo –le dijo–. Sé que tienes mucho trabajo en Londres.

Él levantó la cabeza. Con la camisa ancha y el pelo suelto sobre los hombros tenía un aspecto tan juvenil, tan femenino.

–Dime algo que no sepa.

–Tú nunca te tomas días libres y no quiero que te sientas obligado a quedarte conmigo porque soy incapaz de cuidar de mí misma. Sé que es tu casa e imagino que te gustará estar aquí, pero seguro que nunca has estado más de un par de días.

—Si yo no cuido de ti, ¿quién lo hará? –le preguntó Luc–. Aún no le has contado nada a tu madre, de modo que ella no puede hacer nada.

Luc sabía por qué no le había dicho una palabra a Edith: porque, si lo hacía, tendría que decirle quién era el padre del niño y también por qué iba a ser madre soltera.

Por el momento, estaba dispuesto a no decir nada, pero tenía que empezar a maniobrar para llevar la situación en la dirección que él quería.

Abandonando sus intentos de encender la cafetera, se acercó a ella.

Se movía, pensó Agatha, con la gracia de un tigre: oscuro, peligroso, decidido. No sabía qué esperaba, pero eso no pudo evitar que su corazón se acelerase de manera peligrosa. ¿Por qué no se había sentido tan sola con él en Londres, aunque el ático era mucho más pequeño que aquella casa? El silencio parecía presionar las paredes, encerrándolos en un espacio del que no podían escapar.

—No es el momento de contárselo –empezó a decir, nerviosa.

—Cuando llame a tu apartamento y no conteste nadie, Edith se preguntará dónde demonios te has metido.

—No le he dado el número del apartamento, me llama al móvil.

Luc decidió dejar el tema. Como había descubierto en carne propia, esa expresión tan inocente escondía una personalidad casi tan testaruda como la suya.

–No estaré aquí todo el tiempo, así que no tienes por qué asustarte.

–¿Te vas a ir?

–Una mujer del pueblo vendrá desde las nueve hasta las seis, así que tendrás compañía. Ella se encargará de limpiar y cocinar, de modo que tendrás mucho tiempo para pasear por el jardín. También puede llevarte al pueblo cuando quieras, aunque espero que no vayas más de lo necesario. De hecho, si quieres ir al pueblo, yo mismo te llevaré.

Si estaba intentando hacerse el indispensable, lo estaba logrando, pensó Agatha.

–¿Y cómo piensas hacer eso? ¿No has dicho que vuelves a Londres?

–Sí, claro que volveré... pero no ahora mismo. Puedo trabajar desde aquí –dijo Luc–. Hay un despachito detrás de la cocina.

–Te volverás loco encerrado aquí.

–Entonces tal vez tú podrías distraerme –dijo él, preguntándose qué haría Agatha ante tan provocativo comentario. No la había tocado en todo ese tiempo y en aquel momento hacer el amor estaba fuera de la cuestión, pero podría hacer tantas cosas eróticas con su cuerpo...

¿Demasiadas duchas frías serían un riesgo para la salud de un hombre?, se preguntó. Después de su cena con Annabel una semana antes se había visto obligado a admitir que, por el momento, sólo deseaba a Agatha. Era irritante, pero innegable.

No sabía lo que sentía ella y tampoco sabía lo que Agatha sentía por él. Su buena relación era una fachada y tenía que descubrir hasta qué punto lo era.

Agatha estaba preguntándose qué había querido decir. ¿Estaba flirteando? ¿Haciéndole ver lo importante que era para él? Luc tenía experiencia con las mujeres y tal vez pensaba que alguna palabra amable de vez en cuando o una miradita ocasional la mantendría tan subyugada que incluso sin los lazos del matrimonio estaría loca por él.

«De eso nada».

–Si quieres distraerte, sugiero que salgas a tu precioso jardín –le dijo, adoptando una actitud firme y distante–. A mí siempre me funciona. Especialmente en esta época del año, cuando hace buen tiempo. Y he visto un precioso banco de madera bajo los árboles... tal vez podrías sentarte allí con tu ordenador portátil. Seguro que es muy relajante trabajar al aire libre. Y si es distracción lo que buscas, el canto de los pájaros te servirá.

Luc se dio la vuelta abruptamente.

–Suena ideal. ¿Debería buscar a Blancanieves y los sietes enanitos por si deciden aparecer? –replicó, irónico–. Tengo cosas urgentes que hacer ahora mismo. ¿Quieres saber algo más sobre la casa?

Agatha negó con la cabeza, fascinada por cómo sus cambios de humor parecían afectar al suyo. Cuando él estaba relajado, ella se relajaba, aunque sabía que debía permanecer en guardia. Cuando él estaba tenso, ella estaba tensa. Cuando se mostraba atento, ella florecía como una rosa ante los primeros rayos del sol. Y cuando, como ahora, se mostraba distante, sólo quería echarse a llorar.

–Voy a dar una vuelta por el jardín. ¿Quieres que prepare algo para cenar?

–No hace falta. Mi chef de Londres ha dejado

cien comidas preparadas en el congelador. Y también hay cosas en la nevera.

–¿Haces eso cada vez que vienes aquí? –preguntó Agatha.

–¿A qué te refieres?

–A encargarle a tu chef la comida. Bueno, imagino que así no tienes que ir al pueblo. ¿Cómo es el pueblo, por cierto?

Como Luc no lo había visto nunca, decidió hacer una vaga descripción para no meter la pata: una oficina de correos, unas cuantas tiendas, un par de pubs, lo normal. ¿No eran iguales todos los pueblos pequeños?

–Pero si no vas al pueblo a menudo y no te interesa el jardín, ¿por qué compraste esta casa?

–Esto empieza a sonar como un interrogatorio, Agatha.

–Lo siento, sólo lo preguntaba por curiosidad. Si vamos a estar encerrados aquí, será mejor que charlemos de algo.

–Éste es un sitio muy tranquilo y de vez en cuando necesito relajarme.

Había comprado la casa con un plan en mente, pero tanto subterfugio empezaba a sacarlo de quicio. Él tenía varios apartamentos por todo el mundo; uno en Nueva York, otro en París y otro en Roma, que usaba ocasionalmente cuando visitaba a sus clientes. ¿Dónde estaba el problema?

–Creo que es genial que te olvides del trabajo de vez en cuando –dijo Agatha–. Trabajar tanto no puede ser bueno para nadie.

–En eso no estamos de acuerdo –Luc recordó las razones por las que se habían visto obligados a romper su relación. Recordó la imposibilidad de que un hombre como él, centrado por completo en dirigir un imperio multimillonario, contemplase una relación con una mujer que intentaba convertirlo en un hombre de familia.

Pero estaba allí por una razón: Agatha estaba embarazada y él pensaba ser la única figura paterna para su hijo. Nada de derechos de visita. Y tenía que ponerle un anillo en el dedo para que no pensara nunca más en su vida de soltera.

–Sí, claro, es verdad –asintió Agatha, tragando saliva. Las palabras de Luc habían sido como un jarro de agua fría–. Voy a pasear un rato por el jardín. Y no hace falta que te preocupes por mí –añadió, para que no siguiera tratándola como si fuera una delicada figurita de porcelana–. No me voy a desmayar.

No fue exactamente el paseo tranquilo que había imaginado. Todo a su alrededor era suntuoso, pero su mente era una telaraña de pensamientos y cuanto más intentaba desentrañarla, más se complicaba.

Media hora después volvió a la casa y asomó la cabeza en la cocina antes de dirigirse a la escalera. Una vez que Luc se ponía delante del ordenador nada podía apartarlo y necesitaba estar sola unos minutos.

Agatha subió a su habitación y, después de echar un vistazo alrededor, entró en el cuarto de baño. Las toallas eran nuevas y los productos de baño de primera línea, como si fuera un hotel de lujo. Todo completamente nuevo, sin estrenar. ¿Pero cómo no iba a serlo si Luc apenas iba por allí?

Suspirando, llenó la bañera, pero cuando estaba a

punto de desnudarse se dio cuenta de que no había pestillo en la puerta.

Una vieja casa, pensó. Totalmente reformada en todos los aspectos salvo en ése.

Pero Luc estaba concentrado en el trabajo y ella no tardaría mucho en darse un baño, decidió.

La ansiedad empezó a desaparecer a medida que se hundía en el delicioso baño de espuma y cerraba los ojos...

Era estupendo haber salido de Londres, debía reconocerlo. Pero eso era lo único bueno de la situación. La realidad era que dependía de un hombre que unas semanas antes le había dado la espalda y sospechaba que sus atenciones tenían una intención determinada.

De hecho, tenía la sensación de ser una presa pequeña y vulnerable rodeada por un inteligente y enorme predador.

Aunque tal vez estaba equivocada y Luc había cambiado de opinión. No, eso era hacerse ilusiones tontas. Aunque una siempre podía soñar...

¿Se había quedado dormida unos minutos?, se preguntó mientras abría los ojos, sobresaltada. Se había visto a sí misma con un ramo de flores como las que había en el jardín mientras Luc, frente al altar, sonreía a otra mujer antes de ponerle un anillo en el dedo.

La nitidez del sueño la despertó. ¿O había sido el ruido de la puerta?

En los primeros segundos de confusión, ver a Luc en la puerta del baño fue como la manifestación de un sueño. Pero esa manifestación no estaba sonriendo.

–¿Se puede saber qué haces?

Agatha se dio cuenta de que las burbujas de la bañera habían desaparecido, dejándola expuesta a la mirada masculina.

–He estado dando un paseo por el jardín y luego he decidido darme un baño.

Más tranquilo después de haberla localizado, Luc miró la escena que tenía delante... y qué escena. Agatha intentaba esconderse, pero dos manos podían esconder pocas cosas y Luc clavó los ojos en la curva de sus pechos. Había soñado con eso muchas veces en las últimas semanas y su cuerpo reaccionó como si hubiera recibido una descarga de dos mil voltios.

–Estás temblando –le dijo, metiendo las manos en el agua–. Está helada, Agatha.

–He debido quedarme dormida –murmuró ella.

Con los pantalones vaqueros que había llevado durante el viaje y un viejo jersey de sus días de universidad, Luc estaba guapísimo. Hubiera dado cualquier cosa para que no ejerciera ese efecto en ella, pero no podía negar el cosquilleo que sentía entre las piernas cada vez que estaba cerca.

–¿Llamas a esto cuidar de ti misma?

Luc la sacó en brazos de la bañera para dejarla en el suelo y, como sus piernas no parecían capaces de sujetarla y estaba desnuda, Agatha recibió con alegría la toalla.

–¡He estado buscándote en ese maldito jardín durante media hora! –exclamó él, tomándola en brazos de nuevo para llevarla a la habitación–. Estaba preocupado, Agatha.

Capítulo 9

¿ESTABAS preocupado? –repitió ella, sin poder evitar un cosquilleo de alegría. Pero esa alegría oscureció el hecho de que estaba desnuda, envuelta en una toalla y compartiendo el mismo espacio que Luc: tres cosas que deberían hacerla salir corriendo.

–Deberías haberme informado en cuanto volviste a la casa.

–Estabas trabajando y no quería molestarte. Además, no sabía que tuviera que fichar como si estuviese en la oficina.

–Pensé que te habías perdido. El jardín parece pequeño pero tiene miles de metros y una parte es bosque. Estaba atardeciendo y, si te hubieras perdido, no sería fácil encontrar el camino de vuelta.

Esa fría explicación no tenía nada que ver con el momento de pánico que había sentido cuando la llamó a voces y no recibió respuesta.

De hecho, estaba a punto de llamar a la policía cuando decidió volver a la casa para comprobar si había regresado.

La puerta del baño estaba cerrada y, después de llamar varias veces sin obtener respuesta, decidió entrar sin esperar más.

¿Cuánto tiempo llevaría en la bañera?, se preguntó. ¿Y qué habría pasado si él no hubiera entrado en ese momento?

–¿Estás entrando en calor?

–Sí, ya estoy bien.

–Tienes que vestirte. Si no, acabarás pillando un resfriado.

Agatha sintió la tentación de decirle que no exagerase, pero se dio cuenta de que no tenía argumentos. Se había quedado dormida en una bañera de agua fría y, en lugar de portarse como una adulta y hacer lo que debía hacer, lo único que le apetecía era mirarlo y disfrutar de su gesto de preocupación.

–Ésta es precisamente la razón por la que tengo que cuidar de ti –dijo Luc, mientras sacaba del armario un conjunto de ropa interior, una camiseta y un pantalón de chándal–. ¿Y si hubieras estado sola en la casa?

–Imagino que habría despertado tarde o temprano. Un poco arrugada, eso sí –intentó bromear Agatha.

–El médico dijo que debías descansar. Morirte de frío en una bañera sería una buena forma de descansar... eternamente –replicó él.

Agatha lo observó mientras se acercaba con expresión decidida.

–¿Qué haces? –le preguntó cuando se sentó en la cama.

En realidad, Luc no lo sabía. Estaba tomando el control de la situación, se dijo a sí mismo. Eso era lo que él hacía bien. Afortunadamente, porque Agatha no parecía tener ni idea.

–Puedo vestirme sola –dijo ella cuando intentó quitarle la toalla. El calor de sus dedos la hizo temblar y rezó para que pensara que era de frío.

Pero el brillo de sus ojos le dijo que sabía lo que pasaba y su pulso se aceleró. Incluso diciéndose a sí misma que estaba allí sólo para manipularla, porque quería tenerla cerca, seguía siendo susceptible a un amor que no había logrado arrancar de su corazón.

No había sucumbido a su propuesta de matrimonio porque aún le quedaba un gramo de orgullo, pero en cuanto el médico dijo que debía cuidarse había dejado que Luc se hiciera cargo de su vida.

Y Luc Laughton podía dar clases de cómo hacerse cargo de la vida de otra persona.

Antes de que pudiera pensar con claridad, se había encontrado en su ático de Belgravia y luego, unos días después, en aquella casa de campo.

Sus protestas no servían de nada y un segundo después, sin poder evitarlo, apartó las manos de la toalla.

—Estás embarazada de mi hijo y quiero ver cómo ha cambiado tu cuerpo.

El sonido de su voz la devolvió a la realidad. Agatha intentó recuperar la toalla, pero Luc sujetó su mano.

—Por favor.

—Esto no es apropiado —murmuró ella.

—¿Por qué no? Te he visto desnuda muchas veces.

—Pero ahora no tenemos una relación.

—Tus pechos son mas grandes —dijo Luc, sorprendido de poder pronunciar palabra porque verla desnuda lo dejaba sin aire. Literalmente, sentía como si todo el oxígeno hubiera desaparecido de sus pulmones.

Sin pensar, alargó una mano para tocar sus pechos y, como si el cuerpo de Agatha hubiera sido entrenado para reaccionar de manera inevitable, dejó caer la cabeza sobre la almohada, cerrando los ojos.

–Y tus pezones también son más grandes. Y más oscuros. ¿Eso es normal?

–Luc...

–Me gusta cuando pronuncias mi nombre así –le confesó él, con voz temblorosa.

No iba a hacerle el amor, pero seguía deseándola con todas las fibras de su ser.

–Esto no me parece bien...

–Estás embarazada de mi hijo. ¿Por qué no puedo mirarte? –la interrumpió Luc–. Pero si quieres que me vaya, me iré... –era un riesgo, pero él era un buen jugador y el temblor de Agatha ante el calor de su mirada le dijo todo lo que necesitaba saber.

En lugar de triunfo, sin embargo, experimentó una curiosa sensación de paz mientras acariciaba su estómago. Estaba empezando a engordar un poquito y le sentaba bien. Era increíblemente sexy pensar que llevaba dentro un hijo suyo. ¿Sería un niño o una niña?, se preguntó. ¿Con el pelo oscuro como él o rubio como Agatha?

La necesidad de apretarla contra su pecho era casi abrumadora. En seis meses daría a luz a su hijo y le parecía obsceno pensar que pudiese haber otro hombre en su vida.

–No vamos a hacer el amor –le dijo–, pero sí puedo acariciarte. ¿Te gustaría? Es una manera de librarse del estrés.

Luc se quitó los vaqueros y el jersey de un tirón.

Y, al verlo, Agatha se sintió como alguien privado de comida y sustento enfrentado de repente con un banquete. Sus sentidos despertaron a la vida mientras admiraba la seguridad de sus movimientos al quitarse los calzoncillos y quedarse completamente desnudo frente a ella, orgulloso y evidentemente excitado.

Cuando apartó el embozo de la cama, la miraba con tal deseo que Agatha tuvo que cerrar los ojos.

—Se supone que esto no debería pasar —susurró, intentando encontrar sentido común suficiente para apartarse... pero un suspiro de placer contradijo sus valientes palabras cuando él empezó a trazar la línea de sus labios con un dedo.

Sonriendo, Luc se acercó un poco más para que sintiera lo que le estaba haciendo a su cuerpo.

Agatha, atrapada en una tormenta de sentimientos y sensaciones, no podía luchar contra aquel asalto a sus sentidos y respondió derritiéndose. Sus piernas se abrieron como por decisión propia y suspiró de placer al sentir el roce de su lengua sobre uno de sus pezones.

Mientras exploraba sus sensibles pechos con la lengua, Luc metió una mano entre sus piernas y empezó a tocarla, sintiendo cómo creaba un río de lava en su interior.

No hizo falta que él guiase su mano; tumbada de lado, Agatha lo acarició rítmicamente hasta que su miembro se puso duro como una roca.

—Creo que estamos a punto de tener el sexo más seguro de la historia —intentó bromear.

Habría sido mucho más satisfactorio enterrarse en

ella y dejarse envolver por su humedad de terciopelo, pero eso llegaría con el tiempo... por el momento, se dejó llevar por el ritmo de su mano hasta que cayó sobre la almohada, jadeando e intentando llevar aire a sus pulmones.

–Contigo es mucho mejor que con cualquier otra mujer –murmuró. Pero luego, sin darle tiempo a pensarlo, la apretó contra su pecho–. No hace falta que te pongas a la defensiva. Como ves, no tenemos que estar en guerra el uno con el otro. Yo soy un hombre pacífico, Agatha. Y la vida sería mucho más interesante si pudiéramos enterrar nuestras diferencias y aceptarnos el uno al otro.

–¿Quieres decir acostarnos juntos? –Agatha estaba empezando a ver lo que habían hecho y no le gustaba nada. Pero sus sentidos le decían que dejarlo entrar en su vida no tenía por qué ser necesariamente malo. ¿O sí?

Tenía que pensar y para hacerlo debía apartarse de él.

–¿Dónde vas?

–Tengo que comer algo.

–¿Ahora, en este momento?

Agatha asintió con la cabeza.

–Ahora estoy despierta del todo.

–Espera. No conoces la casa.

–No es tan grande, Luc. Creo que puedo encontrar la nevera –dijo ella, irónica–. Y si la comida está congelada, no creo que tenga ningún problema para meterla en el microondas.

Luc, que estaba disfrutando de ese momento de placentero letargo, frunció el ceño al notar el cambio de humor. Pero luego decidió que los cambios de humor eran culpa del embarazo y, además, lo único que importaba era que Agatha hubiese reconocido lo que ambos sabían era un hecho.

La casa en Berkshire, que hasta entonces le había parecido un exilio, de repente le resultaba más agradable. No sabía cuánto había echado de menos tocarla, acariciarla, estar a su lado.

—Yo iré enseguida. Voy a ducharme y a hacer un par de llamadas... pero no te preocupes —Luc sonrió, levantando las manos en señal de rendición—. Las haré desde aquí y luego seré todo tuyo.

Agatha sonrió mientras volvía a ponerse la ropa. Seguía temblando y la enloquecía que la afectase de ese modo. Tal vez había sabido desde el principio que acabaría acostándose con él, tal vez por eso había aceptado sin protestar que la llevase allí.

Pero sobre todo estaba desconcertada por lo que iba a pasar a partir de aquel momento.

¿Cómo iba a decirle que sólo eran amigos? ¿Cómo iba a olvidar lo que acababa de ocurrir en la habitación?

Inquieta, bajó al primer piso e intentó distraerse explorando la casa mientras iba a la cocina. Las habitaciones eran pequeñas e invitadoras, con gruesas alfombras sobre el suelo de madera, y había varias chimeneas. Se imaginaba a sí misma en invierno, leyendo un buen libro frente a una de ellas, olvidándose del resto del mundo...

Pero sabía que eso no iba a pasar porque sólo era una estancia temporal. En algún momento tendría que volver a Londres para trabajar, a tiempo parcial al menos. ¿Debía dejarse llevar por el deseo de estar con Luc mientras estaban allí para después mantener las distancias en Londres, cuando su presencia no la dejase sin aliento?

Se preguntó si debería haber aceptado un matrimonio de conveniencia en lugar de seguir engañándose a sí misma. Si estaba destinada a amarlo, aunque él no la correspondiese, ¿no debería haber aceptado casarse con él y legalizar la situación?

Pero estaba el problema de su madre, a quien aún no había dicho que estaba embarazada. ¿Qué iba a decir cuando supiera que había decidido seguir sola a pesar de que Luc Laughton, un hombre al que Edith idolatraba, le había ofrecido seguridad y estabilidad económica?

Suspirando, Agatha abrió la nevera y sacó una ensalada de pollo que tenía muy buen aspecto. Y después de comer, entró en la habitación que Luc usaba como despacho.

Frente a la ventana había un escritorio de madera tan brillante que prácticamente podía ver su reflejo. También había un sofá de piel, un par de sillones y una mesita de café. Era un sitio muy agradable, pensó. Instalaría allí su ordenador portátil y así al menos no se aburriría.

Iba a darse la vuelta cuando vio el maletín de Luc encima del escritorio. Y sobre él, lo que parecía el folleto de una agencia de viajes.

Ella no era cotilla por naturaleza, pero eso la sorprendió. Cuando Luc quería irse de viaje había gente que los organizaba por él. ¿Entonces por qué había llevado un folleto?

Tal vez pensaba darle una sorpresa, pensó. Pero aplastó ese traidor pensamiento antes de que echara raíces porque sería absurdo hacerse ilusiones.

Agatha tomó el folleto y, unos segundos después, lo entendió todo. Era el folleto de una agencia inmobiliaria y allí, en la tercera página, vio la casa en la que estaba en ese momento. El agente inmobiliario hablaba efusivamente de los encantos que podía ofrecer Berkshire y de la casa recién reformada, que era una joya.

Agatha vio las fotografías de las habitaciones que había estado admirando unos minutos antes...

Le había parecido extraño que Luc tuviera una casa en el campo porque él era un hombre de ciudad. Una casita encantadora en medio de ninguna parte no era lo suyo.

Sin embargo, había querido convencerse de que aquélla era otra faceta de Luc, una que no conocía y que lo convertía en un hombre profundo, menos agresivo que en Londres.

Con qué facilidad se había engañado a sí misma. La casa había sido comprada con un propósito y el propósito era el que había temido desde el principio: Luc no la quería a ella, quería al bebé y la mejor manera de controlar la situación sin casarse era tenerla en su poder. Como una tonta, ella había bailado al son que él tocaba. Qué fácil le había resultado: una casa maravillosa, un jardín de ensueño y... bingo.

Con el folleto en la mano, Agatha salió de la cocina para subir al dormitorio. Y fue un alivio no encontrarlo allí. Luc había vuelto a su propia habitación o estaría haciendo llamadas de teléfono.

Sabía lo que debía hacer: marcharse inmediatamente. Encontrar ese folleto lo había aclarado todo: Luc no la amaba y nunca la amaría. Hacer el amor con él no era sólo una señal de debilidad, era una misión suicida.

Estaba guardando sus cosas en la maleta cuando se abrió la puerta del dormitorio y Agatha se detuvo un momento antes de darse la vuelta.

Luc, con el pelo mojado de la ducha, se había puesto un pantalón vaquero negro y una camiseta del mismo color. Apoyado en el quicio de la puerta, con los brazos cruzados sobre el pecho, parecía un pirata.

–¿Qué ocurre, Agatha?

Después de hacer unas llamadas, había decidido olvidarse del trabajo por el momento para disfrutar del resto del día. Incluso había pensado tomarse unos días de vacaciones.

–Me marcho –respondió ella.

Luc frunció el ceño.

–No vas a ir a ningún sitio.

–¡No te atrevas a decirme lo que tengo que hacer!

–Yo sé lo que es mejor para ti...

–¡Tú no sabes lo que es mejor para mí en absoluto! –Agatha respiró profundamente, intentando calmarse–. Tú sabes lo que es mejor *para ti* y harás todo lo posible para conseguirlo. Tratas a la gente como si fueran piezas de ajedrez que mueves de un lado a otro según te convenga.

Luc sintió que le ardía la cara y, no por primera vez, se asombró de la temeridad de aquella mujer, que no tenía el menor problema en saltar las barreras que él colocaba a su alrededor. Agatha decía lo que pensaba, tan directa como un misil teledirigido.

Su respuesta a ese ataque debería haber sido una fría e inmediata retirada, pero ésa era una opción que ni siquiera se molestó en considerar.

Debía reconocer que su crítica era acertada, pero no iba a pensar en eso tampoco. Su objetivo era calmarla y, con eso en mente, dio un paso adelante, con el mismo cuidado que un artificiero a punto de desactivar una bomba.

–Debes tranquilizarte –le dijo, poniendo una mano en su brazo–. El médico dijo que no debías estresarte...

–Estoy calmada, no te preocupes –lo interrumpió ella, mostrándole el folleto.

Agatha detectó un brillo de culpabilidad en sus ojos y ése fue el clavo final en el ataúd de sus esperanzas.

–¿De dónde has sacado eso?

–Estaba encima de tu maletín, en el despacho.

–No deberías cotillear...

–No estaba cotilleando, he entrado en el despacho y allí estaba, delante de mí. Pero eso da igual. ¿Por qué me has mentido, Luc? ¿Por qué me has contado que ésta era tu casa de campo? Es evidente que acabas de comprarla.

Se había prometido a sí misma que actuaría con calma y eso era lo que iba a hacer. No iba a dejar que la pisoteara, que la convenciera como se había dejado convencer antes en la cama.

–Muy bien. Es cierto, te he hecho creer que llevaba años en esta casa.

–No «me has hecho creer», me has mentido descaradamente.

–¿Eso importa tanto? –Luc se encogió de hombros y Agatha lo miró, incrédula. Acababa de admitir que había mentido y se quedaba tan tranquilo.

–A mí sí me importa.

–¿Por qué? Necesitabas un sitio para relajarte y yo he aportado la casa... francamente, desde mi punto de vista deberías darme las gracias.

Se había quedado momentáneamente desconcertado por el ataque, pero tenía que calmarla. Y para eso debía encontrar las palabras adecuadas en un vocabulario que, de repente, le parecía extrañamente limitado.

–¿Yo debería darte las gracias? –repitió ella, incrédula.

–Necesitabas descansar y Londres está lleno de tentaciones: ir a trabajar, ir al cine, salir con tus amigas para aliviar el aburrimiento. Mi ático es lo bastante cómodo, pero no tiene jardín. Necesitabas un sitio para pasear y yo me he encargado de encontrarlo. ¿Qué hay de malo en eso?

Lo único que le faltaba era un coro de ángeles tocando el arpa, pensó Agatha, irónica.

–Tú sabías que no quería estar en deuda contigo. Sabías que quería olvidarme de ti...

Con esa declaración, Luc por fin tenía algo en lo que clavar los dientes.

–Pero no lo has hecho, ¿verdad? Lo que ha pasado antes lo deja bien claro.

–¿Me has traído aquí por eso Luc? ¿Has comprado esta casa sabiendo lo que sentía por ti? ¿Era esta casa perfecta parte de tu cínico plan de volver a seducirme?

Había un millón de maneras de responder a esa pregunta y lo más sensato, al verla tan alterada, hubiera sido negarlo. Pero, de repente, negar la verdad le parecía imposible.

—Se me ocurrió que podríamos acostarnos juntos, sí.

Agatha lo fulminó con la mirada.

—Eres increíble.

—Estoy siendo sincero y... sí, es verdad que te había echado de menos. Te sigo deseando y no me avergüenzo.

Ella estuvo a punto de soltar una carcajada. La había echado de menos. Sí, claro, tanto que había hecho todo lo posible para que sus caminos no se cruzaran. De hecho, incluso había cenado con otra mujer. Pero la deseaba tanto que incluso había comprado una casa. Cualquier cosa para tenerla esclavizada emocionalmente, sabiendo que ella no sería capaz de reemplazarlo.

—Pero yo sí me avergüenzo —le dijo, agotada—. Me avergüenzo de haber vuelto a acostarme contigo porque sé que tú no eres bueno para mí. Me he decepcionado a mí misma.

—¡No digas eso! —exclamó él, sin saber cómo controlar la situación por primera vez en su vida.

—Muy bien, no lo diré. Pero quiero marcharme. ¿Te importa llevarme a la estación? Aunque supongo que ni siquiera sabes dónde está —Agatha sonrió, irónica—. Vas a tener que volver a usar el navegador.

Capítulo 10

AGATHA había pensado volver a casa para ver a su madre pero, por supuesto, Luc no estaba dispuesto a dejar que tomase el tren.

—Estás loca si crees que voy a dejar que tomes el tren en tu estado —le dijo, observándola con una peculiar sensación de vacío mientras guardaba el resto de sus cosas en la maleta.

—No puedes decirme lo que tengo que hacer.

—Yo no pondría eso a prueba.

Agatha levantó la mirada, retadora.

—¿Ah, no?

—El médico dijo que no deberías estresarte y haré lo que tenga que hacer para que te calmes —Luc sacudió la cabeza, dejando escapar un suspiro—. ¿Por qué no te das un baño? Luego podremos hablar tranquilamente.

—¿De qué? ¿De cómo has manipulado esta situación?

Agatha respiró profundamente, intentando no pensar en la humillación de haber sido engañada; una conquista fácil para un hombre que tenía que estampar su autoridad en todo lo que hacía.

Y también intentaba no entristecerse al pensar que iba a marcharse de aquella casa. Era fabulosa, exactamente la casa con la que había soñado siempre, aunque hubiera sido un medio para llegar a un fin.

–Debería haber imaginado que tú no tendrías nunca una casa como ésta –Agatha se dejó caer sobre un sillón, intentando contener las lágrimas.

–¿Qué quieres decir? –Luc se preguntaba si sabría lo impredecible que era, como un purasangre que se asustaba por cualquier cosa.

Tal vez debería haberle contado que acababa de comprar la casa, incluso haberle pedido opinión, demostrar que la involucraba en el proceso. ¿Debería haberlo hecho?, se preguntó.

Poco acostumbrado a cuestionarse a sí mismo, Luc intentó recordar que lo había hecho de buena fe. Además, ¿qué había de malo en utilizar los medios a su disposición para conseguir lo que quería? ¿Desde cuándo era un crimen intentar que las cosas fueran a tu favor cuando sabías que eso era lo que debías hacer?

–A ti no te gustan las casas en el campo con habitaciones pequeñas y muebles antiguos –le espetó Agatha–. No sé cómo he podido creer que venías aquí los fines de semana a relajarte. Tú estás pegado al ordenador veinticuatro horas al día, ¿por qué ibas a querer relajarte en el campo? Además, si quisieras relajarte, ¿por qué ibas a venir aquí cuando podrías ir a un hotel en cualquier parte del mundo?

Luc miró alrededor, levantando las cejas.

–Curiosamente, no me parece tan claustrofóbica como había imaginado.

–No entiendo cómo has podido engañarme.

Él suspiró, pasándose una mano por el pelo.

—Voy a llenar la bañera...

—¡Ésa no es una respuesta!

—Lo sé.

—No voy a darme un baño contigo vigilándome —dijo Agatha, poniéndose colorada.

—Ya lo sé —asintió Luc.

Aunque estaba seguro de que, si salía del baño cubierta por una toalla, ninguno de los dos podría controlarse.

La dejó sentada en el sillón mientras él llenaba la bañera de espuma. Cuando salió del baño cinco minutos después, afortunadamente ella seguía sentada en el sillón porque la alternativa era que estuviera esperándolo con la maleta en la puerta.

—¿Qué vas a hacer con la casa cuando me haya ido? —le preguntó.

Luc sacudió la cabeza.

—Hablar contigo es como caminar sobre cristales rotos —respondió, preguntándose cómo podía aquella mujer ponerlo nervioso sin intentarlo siquiera—. Diga lo que diga, vas a interpretarlo de la peor manera posible.

—¿Ahora yo soy la culpable?

—He hecho lo que he podido para cuidar de ti, he comprado esta casa porque pensé que te gustaría. Podía imaginarte paseando por el jardín, lejos del ruido y la polución de Londres. Y te gusta la casa... ¿entonces cómo es posible que me haya convertido en el malo de la película?

—Me has mentido para salirte con la tuya, ése es el problema.

—Hemos hecho el amor y tú lo deseabas tanto como yo.

–¡Eso fue antes de saber que lo tenías todo calculado para que me metiera en la cama contigo! Es
como si me hubieras chantajeado... como si hubieras
manipulado todos mis sueños para conseguir lo que
querías.

–Agatha, ve a bañarte, por favor.

Luc no sabía cómo controlar la situación. ¿Dónde
estaba su legendario talento para convencer a los demás?

–Voy a bañarme y, cuando salga, quiero que me
lleves a la estación.

–Haré algo mejor: yo mismo te llevaré a casa de
tu madre.

–Muy bien. Pero no te quiero aquí mientras me estoy bañando.

–Como quieras.

–Y no se te ocurra entrar mientras me estoy bañando. No hay pestillo en la maldita puerta.

–No entraré a menos que te quedes dormida. Lo
creas o no, me importa lo que te pase.

Le importaba. Agatha tragó saliva, conteniendo la
tentación de preguntarle cómo podía estar tan tranquilo mientras ella era un volcán en erupción.

¿Pero por qué no iba a estar tranquilo? Lo único
que quería de ella era sexo. Nunca le había dicho una
palabra cariñosa, ni siquiera en los momentos de pasión. Incluso cuando sus cuerpos estaban unidos, jamás se dejaba llevar por los sentimientos.

¿Cómo podía amar a un hombre así?, se preguntó.
¿Cómo podía dejar que tirase sus defensas en cuanto
la tocaba? ¿Dónde estaban su orgullo y su autoestima?

Furioso consigo mismo, Luc se dio cuenta de que

algo dentro de él amenazaba los principios por los que había regido su vida. Y también se daba cuenta de que no le gustaba que Agatha se apartara de él como estaba haciendo en aquel momento. Quería que estuviese pegada a él, pendiente de él. Era turbador reconocerlo, de modo que intentó concentrarse en lo más práctico: llevarla a casa de su madre. Sería un largo y aburrido viaje, pero así tendría tiempo para trazar un plan B ahora que el plan A había fracasado de manera espectacular.

—Si no te importa marcharte... —insistió Agatha.

Luc la miró durante unos segundos antes de darse la vuelta para salir de la habitación. Pero solo en la cocina, frente al ordenador, era incapaz de concentrarse en los informes y los correos.

Le dio exactamente media hora y luego volvió a subir a la habitación, haciendo ruido para alertarla de su presencia. Pero cuando abrió la puerta, Agatha estaba ya vestida, con la maleta cerrada.

—Has dicho que ibas a llevarme a casa de mi madre. Si has cambado de opinión...

—No he cambiado de opinión.

Ella no dijo nada y su silencio le gustaba menos que sus protestas y sus acusaciones.

—¿Has decidido no volver a dirigirme la palabra? —le preguntó, tomando la maleta como si no pesara nada. Se sentía raro, incómodo en su propia piel mientras bajaba la escalera.

—¿Cuánto tiempo tardaremos en llegar a Yorkshire? —le preguntó Agatha.

—Varias horas, pero pararemos en el camino para que estires las piernas —respondió él.

Después de casi tres horas de viaje, el silencio era tan opresivo como un par de grilletes. Agatha miraba por la ventanilla, perdida en sus pensamientos, y cuando pararon en una estación de servicio para estirar las piernas entró en la tienda y volvió con un montón de revistas y una botella de agua mineral. Una vez que reanudaron el viaje se puso a leer con aparente fascinación la vida de los ricos y famosos mientras él miraba la carretera e intentaba entablar conversación sin ningún éxito.

Sólo cuando por fin llegaron al pueblo dejó las revistas a un lado.

–¿Qué vas a contarle a tu madre?

–No lo sé. La verdad, imagino.

–Es un buen principio.

–Se va a llevar un disgusto –dijo Agatha, llevándose una mano al estómago. Su madre y ella habían formado un frente unido contra el mundo desde que su padre murió... ¿cómo iba a sentarle aquello a una mujer de valores tan tradicionales? Como una manzana envenenada seguramente.

–Subestimas a la gente –murmuró Luc.

–Tú no conoces a mi madre.

–La conozco lo suficiente. No es de porcelana y sabe que en la vida ocurren cosas inesperadas –dijo él, patéticamente aliviado de que al menos le dirigiese la palabra.

Le gustaría verla sonreír; echaba tanto de menos su sonrisa que casi le dolía. Se preguntó entonces cómo podía haber construido su vida alrededor de una mujer, Miranda, que había sido poco más que una anécdota. Su ruptura con ella le había dejado un sabor amargo, pero había exagerado la importancia de esa ruptura en su vida. Si ni siquiera recordaba su rostro...

¿Lo habría estropeado todo con Agatha?, se preguntó entonces.

Cuando llegaron a la casa de su madre, después de una larga y tediosa jornada, ella lo miró por fin.

–Gracias por traerme.

–No vas a librarte de mí tan fácilmente.

Agatha desearía que no la mirase así, con esa media sonrisa que hacía que se derritiera por dentro. ¿Lo haría a propósito?

–Supongo que quieres ser un caballero y llevar dentro la maleta.

–Naturalmente.

Agatha salió del coche, suspirando, mientras Luc abría el maletero.

–¡Cariño, qué sorpresa! –exclamó su madre al verla–. No te esperaba... si me hubieras llamado, habría hecho algo especial de cena.

Edith era una mujer bajita y regordeta con el pelo corto y los mismos ojos azules que su hija. Cuando sonreía, dos hoyitos asomaban en sus mejillas.

–Mamá...

–Deja que te vea, Aggy. Qué guapa estás.

–Mamá, he venido con Luc... el hijo de Danielle. Él me ha traído hasta aquí.

Luc apareció en ese momento con la maleta en la mano y, casi sin pensarlo, Agatha se apoyó en él. Lo hacía por instinto, como algo natural. Le había dado el poder de ser su ancla y no podía ni imaginar lo que tardaría en volver a sostenerse sola, a ser independiente.

—Estamos aquí por una razón —dijo él, pasándole un brazo por los hombros.

—¿Por qué razón? —preguntó Edith, mirándolos con cara de sorpresa.

—Mi madre debería estar aquí también, pero pronto le daremos la noticia.

—¿Qué noticia? —exclamó Edith.

—Cariño... —Luc miró a Agatha—. ¿Quieres contárselo tú o...?

No era así como Agatha había esperado darle a su madre la noticia de que iba a ser abuela, sino más bien sentadas en la cocina, tomando una taza de té.

—Verás, mamá... estoy embarazada.

—Y eso no es todo —dijo Luc. Por fin, era capaz de pronunciar las palabras que se le habían atragantado hasta entonces—. Yo soy el padre del niño y vamos a casarnos cuanto antes.

Su madre no se había desmayado del susto como ella había temido. De hecho, el grito que lanzó era de auténtica alegría.

Pero Luc la había puesto en una posición muy difícil y ahora, con su madre al teléfono dándole la noticia a Danielle, Agatha por fin se volvió para mirarlo, furiosa.

—¿Cómo has podido hacerme eso? —le espetó, dejándose caer sobre un sillón, agotada.

Luc respiró profundamente antes de clavar una rodilla en el suelo.

—Mírame, estoy de rodillas.

—¿Qué haces?

–Es culpa tuya. Tú haces que caiga de rodillas.

–Eso no tiene ninguna gracia –susurró Agatha.

–Yo no bromearía sobre algo tan importante. Sé que te mentí sobre la casa y lo siento mucho. Y sé que piensas que te llevé allí para aprovecharme de ti... pero no es eso, Agatha. Quería tenerte a mi lado y elegí la manera más estúpida de hacerlo. No me paré a pensar que podría hacerte daño, que te sentirías engañada. Sólo sabía que no quería estar sin ti.

–Pero... tú no me quieres.

Luc suspiró pesadamente.

–Tenía mi vida controlada, o eso creía. ¿Cómo iba a saber que enamorarme de ti sería el equivalente a ser atropellado por un camión? Siempre pensé que el amor sería algo que podría controlar como controlaba el resto de mi vida. Pero entonces apareciste tú y la mitad del tiempo no me reconocía a mí mismo. Y cuando te fuiste... –Luc carraspeó, sus ojos llenos de emoción–. Cometí el error de pensar que todo volvería a la normalidad, que me pondría a trabajar y dejaría de pensar en ti, pero no fue así. Tenías razón al decir que la única lección que había aprendido de Miranda era a ser una isla, pero ahora me doy cuenta de que ser una isla no es lo que quiero. Y también me he dado cuenta de que nunca amé a Miranda. No sabía lo que era el amor hasta que apareciste tú.

Agatha estaba conteniendo el aliento por si acaso aquello era un sueño. Pero Luc estaba allí, delante de ella.

–Jamás pensé que pudieras amarme –dijo por fin–. Cuando rompimos decidí que debía olvidarte y seguir adelante con mi vida, pero luego descubrí que estaba embarazada...

—Y yo te pedí que te casaras conmigo.

—No quería casarme contigo si no me amabas. Pensé que algún día me odiarías por atarte a mí a la fuerza.

—Cuando me dijiste que estabas embarazada fue algo tan inesperado... pero la verdad es que me acostumbré a la idea a una velocidad sorprendente –dijo Luc–. Y en ese mismo instante me di cuenta de que no quería dejarte escapar. Al principio, pensé que era porque quería que el niño tuviese un padre, pero la verdad es que no quería que te casaras con otro hombre. El único marido que ibas a tener era yo –añadió, con esa espléndida arrogancia que siempre le había parecido curiosamente enternecedora.

—Así que compraste la casa perfecta para convencerme.

—Pensé que eso me haría irresistible, sí. Tal vez creas que soy un mentiroso, pero sólo era mi torpe manera de demostrar que te quería en mi vida. Debería haber encontrado otra manera de decírtelo, pero... no sabía cómo hacerlo.

—Eres el hombre más testarudo que he conocido nunca –dijo Agatha, emocionada.

—Mi vida ha cambiado por completo desde que te conocí y no sabes cuánto me alegro –le confesó él, apretando su mano.

—Te quiero tanto, Luc... pero necesito saber que tú también me quieres.

–¿No es eso lo que estoy intentando decirte? Te quiero, estoy loco por ti. Y si no estuviéramos en casa de tu madre...

No tenía que terminar la frase porque Agatha sabía muy bien lo que quería decir y porque ella sentía lo mismo.

—Pero estamos aquí —siguió Luc, con un brillo posesivo en los ojos—. Y antes de que vuelva tu madre, dime que te casarás conmigo.

—¿Tu qué crees, amor mío?

Luc no dejó que la hierba creciera bajo sus pies. Tres semanas más tarde se casaron en una ceremonia íntima pero preciosa, rodeados de parientes y amigos. La casa que había comprado en Berkshire se convirtió en su residencia principal y Luc admitió por fin que el único momento en el que se sentía vivo de verdad era cuando estaba con ella. Trabajaba menos horas y los valores domésticos que antes aborrecía ahora le parecían maravillosos.

—Ya veremos lo que dura eso cuando haya un niño llorando a las tres de la mañana —bromeaba Agatha.

Pero cuando Daisy Louise nació dos días antes de la fecha prevista, un querubín de mejillas regordetas, los ojos azules de su madre y el pelo oscuro de su padre, Luc se convirtió en una fuerza de la naturaleza. Siempre había dado el cien por cien en todo lo que hacía y, como era de esperar, puso el mismo entusiasmo en la paternidad.

Aquello era un milagro, le decía, y su hija estaba destinada a tener unas cualidades superlativas.

—¿No te apetece buscar otro precioso milagro? —murmuró una noche, mirándola de una forma que aún podía hacer que se derritiera.

Agatha, que había dejado su trabajo en Londres para abrir un invernadero en Berkshire, se resistió durante seis meses. Pero la segunda vez no hubo estrés durante el embarazo y entre Luc y su madre la tenían mimadísima.

Y el paso del tiempo no disminuía el amor que sentían el uno por el otro.

Para Luc, ella era el aliento de su vida. Y en cuanto a Agatha, ¿quien había dicho que los cuentos de hadas no se hacían realidad?

*En la vida perfectamente organizada de Rafael,
no había lugar para el romance*

El primer encuentro de
Libby Marchant con el hombre que se convertiría en su
jefe acabó con un accidente
de coche.

La imprevisible y atractiva Libby desquiciaba a Rafael. Afortunadamente, era su
empleada y podría mante-
nerla a distancia. Al menos,
ése era el plan. Pero, muy
pronto, su regla personal de
no mezclar el trabajo con el
placer iba a resultar seria-
mente alterada. Y lo mismo
su primera intención de limi-
tar su relación a un plano
puramente sexual...

*Un hombre
arrogante*

Kim Lawrence

De camarera a amante

ROBYN GRADY

A Nina Petrelle, una camarera desas-
trosa que trabajaba en una isla para
los veraneantes más privilegiados, la
había despedido su jefe déspota
Gabe Steele... el desconocido sexy
con el que había pasado la mejor noche de su vida.

Gabe no podía decir que no a las interminables piernas bronceadas de
Nina y a su boca hábil, a la que se
moría por mantener ocupada. Pero a
pesar del sol, de la arena y de las
abrasadoras noches llenas de pasión,
lo tenía claro: sólo era una aventura
temporal. ¿O no?

Sólo había una posición en la que él la
quería...

Le había ofrecido un millón de dólares por una noche…

Fingir querer a Gabriel Santos debería ser fácil para Laura Parker. Al fin y al cabo, era tremendamente guapo, sólo se trataba de una noche y él le había ofrecido un millón de dólares.

Sin embargo, había tres cosas que tener en cuenta:

1. Ellos dos ya habían pasado una noche inolvidable en Río.

2. Laura estaba enamorada de Gabriel desde entonces.

3. Gabriel no quería hijos, pero no sabía que era el padre del niño de Laura.

Noche de amor en Río

Jennie Lucas